野菜ソムリエ農家の赤井さん

著　浜野稚子

マイナビ出版

Contents

Akai of the vegetables sommelier farmer

プロローグ

炊飯器を開けると、ほんわりと温かな湯気が上がった。釜にしゃもじを入れて天と地を返し、米と一緒に炊き込んだ千切りのショウガと油揚げを混ぜる。醬油と出汁(だし)の香りが食欲を誘う。蒸らす時間も待てなくて、しゃもじに載せたショウガ飯を一口分つまんで口へ放り込む。まろやかな出汁とショウガのスッキリした味わいが口の中に広がった。

ああ、幸せ。朝食はショウガ飯のおにぎりにしよう。

今日の出汁はお湯を六十度に保ちながら一時間昆布を弱火にかけて取った。鰹節を入れるタイミングにも気をつかい、丁寧にあくを取って濾した。緑黄色がかったきれいな一番出汁だ。顆粒出汁には出せない深みと上品さがあるように思う。

手間暇かけて作った料理は間違いなく美味しい。

眠る前に見た料亭の出汁の取り方の動画が気になって深く眠れず、私は朝四時からこの一畳にも満たない狭いキッチンに向かっている。出汁を取りショウガ飯を炊飯器にかけ、余った出汁をどんな料理に使おうかと模索しているうちにカーテンの向こう側がすっかり明るくなっていた。

料理のことになると私は時間を忘れる。こんなに夢中になれることは他にない。ずっと料理のことを考えていられる道はないものだろうか。

ラップに包んだショウガ飯を両手で包み三角に握りながらフウッと静かに息をつく。

これまでは特に目指すものも特技もなかったから、いろんなことを消去法で決めてきた。

大学を選んだときだってそうだ。数学が苦手だったから文系、英語は話せないから国文科。共学は慣れていないので女子大、地元は田舎だから都会に出る、東京は家賃相場が高くて生活にお金がかかりそうなので関西、という具合に。

そう、私こと青田(あおた)モモコは、二十歳の今までそうやって無難に過ごしてきた。

こうありたいという強い希望があるわけでもなく、条件に合わないものを外して残った方を取る。選択した地点でそこから先どうなりたいのかというのもあまり考えていない。時が来たらまた、私はいくつかの選択肢の中から進む道を消去法で選んでいくのだろうと思っていた。そうやって見えてくるのがたぶん一番失敗がない、無難で堅実な道だ。

だから今初めて趣味と言えるものに巡り合い、同時に、進んできた道とは全く関係のない将来の夢と呼べるものが生まれて、私は戸惑っている。

おにぎりにしたショウガ飯を信楽（しがらき）焼の楕円の器に載せて、キッチンから三歩の距離にあるベッドの隣のローテーブルに運ぶ。テーブルとベッドの細いスペースに腰を下ろし、スマホでおにぎりの写真を撮る。おにぎりがもっとも写真映えしそうな角度を探していると、開いたままだった料理雑誌の一部が映り込んでいるのに気づく。雑誌を閉じてベッド横のカラーボックスに差し入れようとして思いとどまる。カラーボックスは料理雑誌や本がいっぱいで少しの隙間もない。仕方なく持っていた雑誌をローテーブルに戻して隅に寄せる。料理写真は眺めているだけで楽しく、同じようなものがたくさん集まってしまった。

大学進学を機に始めたひとり暮らしで料理の楽しさに目覚めた。

高校の家庭科の教科書を引っ張り出して基本の料理を作ってみたのが始まりだ。すぐに物足りなくなって本やネット、テレビの情報を集め、狭いキッチンでかたっぱしから専門家が紹介する料理に挑戦した。そのうちに自分でレシピを考えるようになって、今ではアイデアを思いつけば夜中でも起き出してノートにメモしたり実際にキッチンで作ってみたりする。

何かにハマるという状態は初めてだ。

食材や調理法を考えていると、ワクワクして体中に血が巡るのを感じられた。料理のおかげで私には最低でも日に三度も幸福な時間が訪れる。料理のレシピを考えてテレビや雑誌で披露するのが仕事だったらどんなにいいだろう。消去法選択で進んできたものとは全く違う進路、料理研究家かフードコーディネーターになりたいという思いが強くなった。

才能はさておき情熱だけで美大を受験した同級生とか、好きな人を追いかけて苦手な理系の学部に進路変更した同級生を私は冷めた目で見てきた。理解できないと思っていた彼女たちの熱意が、今なら私にもよくわかる。

好きだからどうしようもない。思う気持ちは止められない。

そういうことだ。

じゃあ憧れの職に就くためにはどうすればいいのか。

調べ始めて、私はさっそく行き詰まる。

『この職業には特に資格が必要ありません』

間口が広いようで入り口がどこにあるかわからない。

料理研究家のインタビュー記事を読んでみると、ネットへのレシピ投稿から本の出版に至った人や調理の専門学校を出て自ら出版社に企画を持ち込んだ人、料理研究家の大御所に弟子入りして独立した人など、アプローチの仕方はさまざまだった。こうすれば良しという道筋は浮かび上がってこない。

消去法で道を選んできた私には道を作り出す作業が難しい。

どんな方法を取るにせよ、きちんとした調理技術はあった方がいいだろう、というのが差し当たって私が考え出せたことだ。

ベッドにもたれてショウガおにぎりにかじりつき、スマホのアルバイト情報サイトの画面をスクロールさせる。

アルバイトで飲食店の厨房に入るのは、現場で料理技術を磨く一番手軽な方法のひとつに違いない。カフェ、レストランに定食屋、ファストフード店、通えそうな距離、京都市内に飲食店は多く、大学生の私でもアルバイトなら条件に合う調理スタッフの募集はたくさん出てくる。けれど、目指すものへの近道となる店がどれなのかわからない。答えのない問題集に向き合っているような気持ちになる。

食べかけのおにぎりをローテーブル上の皿に置いて、「うんっ」と伸びをした。殺風景な白いワンルームの天井、シーリングライトの光を見上げる。

仰向けのままスマホを顔の上に掲げ、今度はフードコーディネーター専門学校のホームページを開く。

やっぱりバイトよりこっちの方が魅力的に見えるんだよね。

レシピの作成から調理、美しい盛り付けや料理の撮影技術まで、紹介されているこの学校の授業内容には今の私が知りたいことが詰まっていた。

　専門学校の紹介ページは甘い誘惑に満ちている。ここに行けば誰でもテレビや雑誌で活躍する食のスペシャリストになれるというわけではない。だけど大学で国文学を学びながら飲食店でアルバイトしたり、コツコツと料理レシピをネットに載せるよりも専門学校に行った方が、確実に希望の未来に近づくんじゃないか。

　なんて、甘々な私は思ってしまう。

　専門学校のホームページを閉じ、ついさっき撮ったばかりの自分の料理画像を確認する。

　今朝のテーマは素朴で温かみがある農家の朝ご飯だ。ところどころ焦げたような風合いの信楽焼の皿と醬油で色づいたご飯の色味が同化して、ぼんやりした冴えない写真になっていた。おにぎりの横に添えたナスの漬物も色がよくない。まずそうではないとはいえ、これを見てこの料理を作ってみたいとは思わないだろう。

　ＳＮＳへの画像投稿を躊躇してキー操作を迷った瞬間、手からスマホが滑り落ちた。スマホが顔面を直撃する。

「いったあ」

額を押さえて体を起こす。目を覚ませと誰かに叱られたみたいだ。

わかってますってば。

取り立てて特徴のないレシピに、素朴イコール農家という失礼なイメージの安易さだ。何のセンスも感じられない。

ベッドに落ちたスマホは青いタオルケットの波の上にサーフボードのように顔を出している。力尽きたみたいにして画面が暗くなったスマホをそのままにして、枕元にあったシュシュを拾う。寝ぐせのついた髪を指で梳(す)いてひとつに括る。ローテーブルを挟んでベッドと並行に置かれた小さなチェストの上にあるテレビをつけた。

放送されているのは地方局の朝の情報番組だった。夏休みで時間を気にする生活でもないのに、つい時計代わりに見てしまう。

若さと時間を無駄にしている焦りはある。料理の合間にアルバイト情報を漁り、フードコーディネーターや調理師の専門学校のキラキラした学校案内を閲覧、その繰り返しで二十歳の夏の日々が過ぎていく。

一章
ナス畑の王子様

Akai of the vegetables
sommelier farmer

1

今日は八月一日、時刻は七時十五分だとアナウンサーが伝えたとき、気象情報の速報音が流れた。画面の上部に台風が沖縄に上陸したことを知らせるテロップが表示される。台風の進路予想図のフリップが映し出され、関西へ近づくのは明日の昼頃だろうと気象予報士が言った。その後、フリップの差し替えに画面が少し揺れた。

関西まで台風が近づくにはもう少し時間がかかりそうなのに、スタジオが何やら慌ただしい。

「次のコーナーは、毎回違う料理家の方をお迎えしてお料理をご紹介するコーナーなんですけれど、出演予定の野菜ソムリエの方がお越しいただけなかったということで……」

司会の男性アナウンサーが申し訳なさそうに報告する。気象情報とは関係なく出演者のトラブルだったようだ。

「お料理の実演はしていただけなくなってしまいましたけれど、野菜ソムリエの……この方、赤井(あかい)さんが考えられたレシピをメニューで出しておられるカフェを事前に取材させていただいておりましたので、そちらをご覧いただきましょう」

画面右下に『イケメン野菜ソムリエ』という文字が躍っていた。

どれどれ。

確認してみようと、私はテレビ画面に顔を寄せる。しかし野菜ソムリエの赤井さんの顔写真は、残念ながらイケメンか否かを検証するには小さすぎた。

せっかくのテレビ出演を土壇場でキャンセルするなんて、よほどのことがあったのだろうか。他人事ながらもったいないなと思う。メディアで活躍する食のスペシャリストはたくさんいる。テレビ出演なんて広く人に知ってもらえる大きなチャンスだろうし、逃したくないはずだ。

私はテレビから離れて再びラグの上にハーフパンツの脚を折って胡坐(あぐら)をかく。

「野菜ソムリエの赤井さん、雑誌でお写真を拝見したんですけど、めちゃくちゃかっこいい方なんですよ。私、お店の取材当日にはお会いできなくて、今日すごい楽しみやったのに」

女性リポーターが大げさに悔しがる。

へえ。そこまで美形なのか。

イケメン野菜ソムリエが作る料理やレシピはどんなものだろう。メディアの仕事に見た目の印象は大事だとはいえ、中身がスカスカだったら大成しない。だいたい、料理の腕ならともかく見た目の美しさで目立つなんてずるい。私自身がまだその道に一歩も踏み出せてもいないのに、嫉妬だけが先走る。自信がなくて逃げだしたのではないだろうか。もうこの野菜ソムリエを見ることはないかもしれないな、なんて意地悪なことを思う。

野菜ソムリエという言葉はよく聞く。芸能人で取得している人もいるし、職業というよりも資格の名前だと思っていた。

フードコーディネーターや料理研究家を調べると、ベジタブル&フルーツプランナー、野菜コーディネーター、レシピプランナー、そして野菜ソムリエなどが似た職業として上がってくる。その仕事の細かい違いは私にはよくわからなかった。肩書きは仕事をする人それぞれの好みに寄るのかもしれない。

いずれにしても、野菜の資格を取得すればどんな食の仕事にも役立つことは間違いないだろう。

そうか、野菜ソムリエか。

目の前が急に晴れる気がした。資格のための講座は安くないが、専門学校に通うほどお金がかからない。これなら大学に通いながら夢に近づくことはできるかもしれない。

テレビ画面には赤井という野菜ソムリエがレシピを提供している野菜カフェの地図が

紹介されている。私は急いでペンを取り、店の名前と最寄り駅を手帳に書きつけた。

2

「夢なんて、どうせ一過性の風邪みたいなものでしょ、モモコ」

大学を退学してフードコーディネーターの専門学校に行きたいと言ったら、電話口で母が笑っていた。

「風邪って……」

「あなたが料理好きだなんて、お母さんちっとも気づかなかったわよ。家にいたとき台所に立ったこともなかったじゃない」

「私だってひとり暮らしするまで知らなかったから、こんなに料理が楽しいなんて」

「ちょっと楽しいと思ったくらいで専門家になりたいだなんて子供みたいよ。モモコはもっとしっかりしてるとお母さんは思ってたわ。もう二十歳なんだから、今からそんな現実味のないこと言わないでちょうだい」

「でも、でもでも」

言葉が詰まって出てこなかった。母の言うとおり、「楽しいから」が目指す理由では頼りないだろう。母を納得させられるほどの情熱を見せつけられない自分が情けない。

電話の向こうで母を呼ぶ父の声が微かに聞こえ、「ねぇお父さん、モモコ最近料理が趣味なんだってさ」と母が伝えた。

「だから、趣味にしたいわけじゃないってば、ゆ――」

繰り返そうとした私の「夢」という単語を母が「はいはい」と面倒くさそうに遮る。

「ねぇ、そんなことより、お盆におばあちゃんちに行くけど、モモコも一緒に来る？」

「行かない」

私はこの夏、両親のところに帰らないことに決めた。

気持ちが一時的なものではないと証明するには、どれくらいの継続期間を見せたらいいのだろう。長く思いをかけたものしか将来の夢としてはいけないのだろうか。そうだとしたら夢に向かって動き出す時期がどんどん遅くなってしまう。


バスを降りた瞬間生暖かい風に頬を撫でられた。ひとつに結んだ髪のおくれ毛が舞い上がり、ブラウスのフレアスリーブが風をはらんではためく。

京都府内であるが初めて訪れるところだ。昔の都の名前がそのまま市の名前になっている。大阪へも京都市内へもアクセスがいいのに、想像していた以上にのどかな景色だった。四車線の道路を挟んで田畑が広がり周囲に高い建物がない。

空には速いスピードで流れる灰色の雲が見える。まだ午後三時過ぎだというのに辺りが随分暗くなってきた。台風は明日の昼頃に関西に到達するという予報だったけれど、この調子だともう少し早まるのかもしれない。

別の日に出直せばよかったかな。

走り去る薄いオレンジ色のバスを見送りながら私は後悔し始めた。

カフェのオーナーが描いてくれた地図をショルダーバッグから取り出す。訪ねる家はバス道から北へ入っていく農道を通り抜けた先の住宅街にあるようだ。畑を大きく迂回して公道へ出る方法もあるが、そちらは農道を行くよりも距離が長くなる。私は舗装されていない道にローヒールの赤いパンプスの先を向けた。


テレビで紹介されていた野菜カフェ『レギューム』へは午後二時に着いた。駅前の新しいマンションの一階に入っていて、白い壁に正方形の木枠の小さな窓が並ぶかわいらしい店だった。ランチタイムは混みあうだろうと予想して時間をずらしたのに、店のドアにはクローズの看板がかかっていた。がっかりしてメニュースタンドに目を落とすと、雑誌の取材のため二時から四時までの間だけ店を閉めるという内容の紙と農業体験の案内が並べて貼ってある。生成り色の紙に印字された店のクローズ・タイムの知らせに対して、B5サイズの白いコピー用紙に黒マジックで愛想なく書きつけられた農業体験の案内は随分荒々しい。武道の道場の入門生募集のようで、優しいイメージの店先ではかなり浮いていた。

農業体験の担当者名は赤井とあり、その名前に私の胸は高鳴った。

今朝のテレビ出演をキャンセルした野菜ソムリエに違いない。メディアに露出する仕事の他は、お料理教室やこういう野菜作り教室のような地道な催しなどをしているのかもしれない。顔見知りになればそれらの仕事をのぞかせてもらうチャンスもあるだろう。赤井が野菜ソムリエの資格をどのように仕事に利用しているのかを知りたかった。

エントランスのすりガラスに顔を寄せてカフェの店内をのぞくと、二十代後半くらいの丸顔の店主が出てきてくれた。クマのぬいぐるみのような穏やかな感じの男の人で私はホッとした。

店主は店内が取材撮影中で休みであることを詫び、

「ちょっと野菜に興味があるというくらいなら赤井のところはお勧めできないんですよ。体験っていうレベルじゃなくて、本気の奴だから」

と申し訳なさそうに言った。

野菜作り体験に本気を求めるとは大げさな気がする。赤井という人はそんなに厳しい人なのだろうか。

少し不安になったけれど、本気で勉強をしたいからと頼み込み、渋る店主に赤井の家までの地図を描いてもらった。私は教えられたバスに乗り、ここまで来た。後ろめたい気持ちもあるけれど、夢に近づくために努力したいという気持ちは嘘ではない。

「本気だから大丈夫」

カフェの店主の言葉が母との電話に重なって、跳ねのけたくなった。

ここであきらめていては一歩も前に進めない。

私は歩きにくい砂利と土の道を踏みしめる。道はあちこち削れて大きな穴ができていて、気をつけないとその窪みに足をとられる。風に舞う砂ぼこりで赤いパンプスとジーンズの裾が真っ白になった。

早く農道を抜けなくちゃ。

ヒールの踵が草を踏んでバランスを崩す。よろけて踏みしめた土の感触がぬちゃりと気味悪く足の裏に伝わった。ぷんと嫌な臭いが鼻をかすめる。

これは。

あああああ。

足元を確認して、私はひとり声にならない声を上げた。ねっとりとした黄土色の泥に似たものがパンプスの側面についている。数匹のハエがくるくる円を描くように飛び上がった。

踏んじゃった。このパンプス、お気に入りだったのに。

道の隅に『犬のフン置き去り禁止』の看板があって、すまなさそうな顔をした白い犬の絵と目が合う。いや、悪いのは犬じゃなくて飼い主なんだけど。

私はポケットティッシュを探してバッグの中を漁る。

そのとき田んぼの向こうに見えている畑からバシャバシャと荒い水音がした。何の植物だろうか、高く伸びている植物の緑の葉の間で人影が動くのが見える。人影は畑から畦道(あぜみち)に出て、若い男の姿を現す。

背が高い人だ。田んぼの脇に止めてある白い軽トラに並ぶと、軽トラの屋根より頭半分くらい大きい。男は手に持っていた黄色いかごを軽トラの荷台に載せてから、田んぼの畦道沿いにこちらに向かって来る。黒いキャップを取って袖で額の汗をぬぐう。前髪がかき上げられ、日に焼けた顔の全体がよく見えるようになった。

睨むように空を仰いだ男に、

「赤井さんですか？」

と私は思わず声をかけた。

疑問形で言ったが、この男が赤井であるという自信はあった。なぜなら男が、二度見直さずにはいられないほど整った美しい顔をしていたから。これならイケメン野菜ソムリエと紹介されても誰も文句は言わないだろう。少女漫画の中で白馬かラクダに乗って出てくる褐色肌の王子様のようだ。この人はきっと笑うと歯が白く光る。

しかし男は笑わなかった。

高い鼻のつけ根、眉間に深いしわを寄せて、訝し気に私の方を見ている。背が高い分足が長いのだろう、大股で近づくスピードは私が思っているよりも速い。赤井と思われる男はあっという間に私のいる農道まで出てきた。

「あの、私、カフェレギュームさんで農業体験の案内を見て……赤井さんですよね？」

私はおずおずともう一度確認する。

赤井は「ああ」とそっけなく答えて、「太一（たいいち）に、ちゃんと聞いたのか？」と不機嫌そうに続けた。身長が百五十センチほどしかない私には、顎を空に向けて見上げる角度に赤井の顔がある。

「太一？」

私は上を向いたまま首をかしげた。

「カフェの店主だよ」

「あ、はい。農業体験したいって言ったら地図をくれて」

地図の紙を掲げて見せる。

「体験っつうか、……農業だぞ。お前できんの？」

お前呼ばわりされて私の両眉が上がる。

「や、やってみたいと思ったので……やる気はあります」

「なんで？」

「なんでって……その、興味があるから……えっと……農業に……いえ、野菜に」

歯切れが悪くなった。

「ふうん。まぁ、いい。こっちは今猫の手も借りてぇくらいだし」

「え？」

農業体験教室で猫の手も借りたいほど忙しいとは、もしかして生徒の募集ではなくアシスタントスタッフの方の募集だったのだろうか。それならそれでいいのだが、赤井の乱暴な話し方が怖くてたずねる勇気がない。

赤井は帽子を深くかぶりなおし、私の前を黙って通り過ぎる。私が踏んだ犬のフンを赤井の長靴が避ける(よ)のを見送っていると、

「早く来いよ。まさかその格好で作業するつもりじゃねぇんだろ？」

睫毛の長い二重の流し目に見られた。

「え？　今からですか？」

「当たり前だろうが。何？　やる気あるんじゃねぇの？」

「や、やる気ですけど、日を改めて来ようかと……今日は着替えも持っていませんし」

「アホか、台風はすぐそこまで来てんだぞ。こっちは今人手がいるんだ。やる気があるなら今からやれ。死んだばあちゃんの長靴貸してやる。そんな靴履いてこんなとこ歩くから犬のクソ踏むんだ、バカ」

一度にアホとバカの両方を言われた。しかも初対面の人に。驚いて声も出ない。

「そんなもん草にでもこすりつけて歩きゃ取れる。早く来い」

パンプスの汚れだけでも拭いておこうと身をかがめたところ、顎を使って呼ばれた。

なんなの、この俺様な感じは。

私は女子校育ちで男友達もいないし、こんなふうに男性に命令口調で話しかけられたことはない。

褐色の王子様像がガラガラと崩れ落ちる。

この怪しい天候の中でいったい何をさせられるのだろう。そもそも農業というのは雨の日休みなのでは？

心もとなくてバス道を振り返ってみたが、初めてやって来た土地で私には逃げ出すべもない。数メートル先を行く長身の後ろ姿に続いて歩き始める。

「お前——、ああ、そうか、お前の名前聞いてなかったな。なんて言うんだ？」

赤井は歩調を緩めることもなく、顔だけ私の方へ向けて聞いてきた。向かい風なので前にいる赤井の声はよく通るが、私の声は届きにくい。私は仕方なく小走りで赤井を追いかける。

「青田です」

「なんて？」と赤井が耳の位置を下げるように少し膝を曲げる。赤井の顔がぐっと近づいて、私は亀みたいに首をすくめた。顔が火照る。

「あ、お、た、です」

帰りたいという思いと裏腹に自分の名前を答えてしまう。えらそうな態度に腹が立つのになぜか引き寄せられる。

「青田、なんだ？　下の名前」

「青田……モモコです」

「ふーん、青田モモコ、青モモか。俺が赤だから覚えやすいな、お前の名前」

予想外に細められた目にドキリとする。

私も同じことを思っていた。自分が青田だから、野菜ソムリエ赤井の名は手帳に書き残さなくても忘れないだろうと。

「そんじゃ、青モモ、来い」

まるで犬でも呼ぶように、赤井はそう言って公道へ走り出した。

顔のよさに屈するのは本意ではないが、あの顔で名を呼ばれ「来い」と言われるとなんとなく胸の奥がふわふわする。

少しのぞいた赤井の口元で白い歯が光った気がした。

3

赤井は実家暮らしのようだ。家は田んぼ沿いの集落の一番東側にあった。広い駐車場に面していて日の光を遮るものがなく日当たりがよい。建物には修繕の手が入っていて寂れた感じはないものの、農家風の家でかなり古そうだ。

周辺には玄関横に乗用車が一台止められる程度の一般的な大きさの新しい家が立ち並んでいる。赤井家はそれらの家五、六軒分くらいの敷地の広さがあり、明らかにこのあたりに古くから根づいている家系だとわかる。

和瓦の載った袖壁と木の門戸の組み合わせられた和風の門をくぐり、松が植えてある中庭を通った。重い引き戸の扉がついた玄関の中は広く、サドル位置がやたらと高いスポーツ自転車と電動自転車が並んで置かれていた。

「じいちゃん、使えそうにない奴来たけど、しょうがねぇから手伝ってもらうことにする」

玄関からまっすぐのびる廊下の奥に向かって赤井が叫ぶ。奥の方の部屋に家族がいるのだろう。廊下はかなり長そうだが窓がなく、南向きの玄関から日の光が入るところまでしか見えない。

しかし、この男。本人を前にして使えそうにない奴とはずいぶんだ。まだ私の何を見たわけでもないのに。

私は赤井の後ろ姿に尖った視線を向ける。

冷静になって考えれば、資格や食の仕事のことを知る方法などこの人になんか頼らなくても他にいくらでも考えられたはずだ。たまたまテレビを見たせいで衝動的にここまで来てしまっただけで、こんな雑な扱いを受けてまでここで農業をする必要があるのか。

赤井は石の床に土をまき散らし長靴を脱いで框（かまち）に上がった。赤井のカーキ色のカーゴパンツや薄紫の長袖Tシャツにも泥が飛んでいて、ところどころに茶色のシミができている。靴下も少し濡れているようで、歩くたび赤井の足跡が床板の木目の上に残った。

「お前も上がれ」

命令されて、私も犬のフンがついた赤いパンプスを脱ぐ。裸足にひんやりとした板の間が心地いいけれど、砂がざらつく。スリッパスタンドにスリッパがかかっているのに、赤井が勧めてくれる様子はまったくない。

「じいちゃん、なあ、ばあちゃんの割烹着とか残してあったよな。どこだっけ？」

赤井の問いに答えるように奥の襖が開く音がした。

「ああ、二階の納戸にあるやろ。なんや手伝ってくれるんは女の人か？」

声の主がゆっくりした足取りで廊下を歩いてくる。七十代中ごろの白髪頭の男の人だ。顔はなんとなく赤井に似ているが、彼ほど目鼻がはっきりしていないし眼差しも柔らかい。

「体力なさそうな奴は断れって言ったのに、太一がこんなチビよこしやがった。まぁ、あいつの店に来るような客はこういう感じの女が多いのか」

赤井の指が私を指した。軍手の指の部分が切り取られていて黒ずんだ指先がむき出しになっている。

「そない乱暴な言い方をしたらあかん」

白髪頭の男が赤井をたしなめた。

「言葉にまで気をつかってる暇はねえよ」

舌打ちする赤井の指を避けて、私は白髪頭の男に向かって頭を下げる。

「今どき畑仕事手伝いたいなんて言う人はめったにおらんやろ。しかし、えらいかわいらしいお嬢さんが来てくれはったな」と白髪頭の男は私を見た。

かわいらしいと言われて嫌な気はしない。けれど、じわじわと不吉な予感もしてくる。

畑仕事を手伝う？　農業体験ではなく家の雰囲気からしてこれは……。

「俺のじいちゃん。赤井幸太郎（こうたろう）。普段は元気なじじいだけど、今は腰を痛めてて、仕事休んでる」

赤井は私に簡単に説明して、

「畑は大丈夫だから、寝とけよ……ナスの世話はこの青田モモコがじいちゃんの代わりに頑張るだろうから」

と幸太郎に目を向ける。

「青田さん、……モモちゃんか。名前がよう似おうとる。そやけど悪いなぁ。よりによってナス農家が夏の一番忙しいときに、腰をやってしもて。体が資本やのに情けない。

おまけに台風まで来るいうんで、困っとったんですわ」

　幸太郎が曲げた腰をさすった。清涼感のあるシップの臭いが漂ってくる。幸太郎はTシャツではなく肌着と呼ばれるだろうVネックの白いシャツに猿股を着ていた。まさに農家のおじいちゃんの家着という感じの装いだ。

　私は幸太郎に愛想笑いを返し、

「赤井さんは……ご実家の農業を手伝ってらっしゃるんですね」

　と赤井の横顔に問いかける。

「ご実家の、っていうか、今は俺が中心でやってる。俺が農家だ」

　何を言っているんだという表情で赤井が正面から私を見返してきた。

「農家？　野菜ソムリエのお仕事をしながら？」

　テレビを見て赤井に興味を持ったことは、なんとなく赤井に知られない方がいいような気がしていた。浮ついた考えでここへ来たと思われると困る。農業体験の後に、折を見て野菜ソムリエの資格やテレビの仕事の話などを聞き出そうと思っていた。それまで口にしないように注意していた「野菜ソムリエ」というワードを私はうっかり口に出してしまった。

「ああ、お前、雑誌かテレビかなんか見てきたのか」

赤井が耳の後ろをかきながら納得したというようにうなずく。

「……あの、……今朝のテレビで」

「今朝？　ああ、断ったやつか。行き違いがあって、太一の店の紹介だけしてもらうように言ったんだ。しかし、テレビってのは影響力あるな。前に出たときもいくつか問い合わせがあった。けど、直接来た奴は初めてだな。俺に何を期待してた？」

「野菜ソムリエの資格とか、……テレビでレシピを紹介するようなお仕事に興味がありまして……」

どうしようもなくなって白状した。身が縮まる。もじもじと曲げた足の指がポキッと音を立てた。

「あれは仕事でやってるんじゃねぇ」

「え？」

「野菜ソムリエってのは資格の名前だろうが。俺はただ、野菜ソムリエの資格を持ってる農家」

赤井は冷ややかな口調でそう言って、「そうか、お前農業じゃなくて、ああいう仕事やりたくて俺のとこに来たのか」と目をすがめた。

赤井の目に射られ、私は身動きが取れなくなる。

「それは残念だったな。そんならお前の望むことはここにない。そのクソまみれの靴履いて帰れ」

赤井が私のパンプスを指さす。

「こらユウ、お前はまた。ごめんねぇ、モモちゃん。ユウは、……ええと、この雄介は口が悪くてね」

幸太郎が腰をさらに深く曲げる。

「いいんだよ、じいちゃん。こっちは忙しいんだ、愛想よくする必要はねえ。台風でナスがやられたらどうしようもない。こんな時季にテレビなんてのは最初から断ってたのに。ったく。うちは今農業できる奴しか要らん」

赤井は私の足元にドカリと座って、土間に倒れていた自分の長靴を乱暴に拾い上げた。

「モモちゃん、ほれ、テレビの仕事なら太一君に聞いたらええんちゃうかな。ああいう仕事してはる知り合いがおるみたいやから」

私の目が赤井の横柄な態度に向かないように、幸太郎が気をつかって私に話しかけてくれる。

「こんなとこまでせっかく来てくれたのに、ほんまに申し訳なかったね」

幸太郎は太い柱に手をついて、私に向かって頭を下げた。

「いえ、私の方こそ……」

「この時間、バスはあったかな。送ってあげたいんやけど、今日はちょっと」

「あの、私、どうせ暇だし、農業やります」

「いやいやしかし、それは」

「せっかく来たんだし……もし私なんかで役に立つならお手伝いします」

こんな弱った老人を前にして、「そうですね、間違いだったので帰ります」なんて言えるほど私は薄情になれない。

「そんな無理をせんでもええよ」

幸太郎が空中の何かを払うように手首から先をハタハタと動かす。

「いえいえ、無理じゃないです。これもご縁です、私お手伝いしていきます」

「しかし、台風が来る前に帰った方が……」

「天気予報だと台風は明日でしたよね」

「そやけど、しんどい仕事やし、汚れるで」

「私、まったく農業に興味がないっていうわけではないんです。むしろやってみたかったっていうか。だからちょうどよかったんです。働かせてください」

弟子入りを断る幸太郎に承知してもらおうと必死になっているみたいになった。私と幸太郎のやり取りを、框に腰を下ろして聞いていた赤井の背中が揺れ出す。

「しょうがねえな。じいちゃん、期待外れな奴だけど手伝ってもらおうじゃねえの。こんなに農業がしたいって言ってんだし」

チラリと私たちを振り返った赤井はクックッと笑っている。

「はい、お願いします。あ……」

その顔を見て私は理解した。

「見込んだとおり素直そうだな。よし、青モモ、農業やれ」

赤井が膝を打って立ち上がる。赤井は私に農業をしたいと言わせるように仕向けたのだ。

この詐欺師。

「青モモ、農業だからな。野菜ソムリエ実習じゃないぞ」と念を押される。帽子のつばの下、赤井の黒目がじっと私を見ていた。頬に汗が伝って流れる。それを見て、私も自分の体の熱さを思い出した。

「わかってますよ」

挑むように見上げれば、赤井はそれをかわしてスッと私の隣を通りぬける。力仕事で作られた筋肉の締まった広い肩、長い腕も脚も、体の線のきれいな後ろ姿を目で追う。

正直農業なんて今の今まで関心はなかった。野菜は収穫された後の、きれいに土や汚れの落とされたものを扱えればいいと思っていた。

でも。

ここで帰ったら赤井にもう会うことはない。そう思ったら、私はなぜか残念な気持ちになった。赤井にとって役に立たなさそうな奴で終わるのは悔しい。誘導されて農業がしたいと言ったけれど、私にはここに残ろうという自分の意思があった。赤井雄介という人に興味を持っていた。

「自分でやるって言ったんだからな。しっかり働いてもらうぞ。台風前にどうしてもやっておかなきゃなんない作業だ。ばあちゃんの作業着持ってくるから待っとけ」

赤井は玄関横の階段を駆け上がっていった。

4

「枝に沿わせてあるこのビニール紐の先を、横に張ってある黒い紐にかけて枝をこうやってしっかり括る。要は、風が強く吹いても枝が倒れないようにするんだ」

赤井が手本を見せてくれる。私の顔ほどの大きさのナスの葉が台風の風で笑うようにザワザワと音を立てていた。

「縛り方は固結びでいい。できるな？　青モモ」

「できます、たぶん」

「たぶんってなんだ」

見た感じ、作業自体は単純だと思う。

借りた農作業用の帽子は日よけ部分が大きすぎて視野が狭い。赤井の手元をもっとのぞき込んでしっかり見たかったが、長靴では動きにくくてそこまで赤井に近づけなかった。ナス畑の畝と畝の間の溝にはゴムのシートが敷いてあって、長靴の半分くらいの高さまで泥で濁った水が入っている。私は倒れないように上半身を傾けてバランスをとった。

「コケるなよ」

赤井がナスの木に体を向けたまま言う。

「あ、はい。気をつけます」

「ああ、気をつけろ。お前はいいけど、結束機がドロドロになるとまずい」

「……はい」

赤井が心配しているのは作業用具であって私ではない。

ナスの木は私の想像していたものより大きかった。伸びた枝の高さは赤井の背まではないが、百五十センチの私をゆうに越している。畝は一メートルほど幅があり、黒いビニールシートが敷いてあった。ナスの木の列の両脇に高さ違いで三本の黒い紐が平行にかけられている。ナスの木は一本の木から左右に張ってある黒紐の方に向かって二本ずつ枝を伸ばすようにしてあり、不要な枝は切り落とされていた。三本の黒紐には十センチ間隔くらいでビニール紐が垂直に張り巡らされていて、横に張った枝が上に向かって生長するように導く。このビニール紐に枝が沿うようにして留める作業が今日の私たちの仕事だ。

枝が倒れてしまえばナスの実が傷つく。赤井と幸太郎はナスの実を収穫しながら、枝が横にならないようにビニール紐に括りつける地道な作業をしているのだという。この時季のナスの生長はすさまじく、実が大きくなるのも枝が伸びるのも手入れが追いつかないほど速いらしい。ただでさえ大変なのに、今日のように台風が近づいているときはいつも以上にしっかりと枝を留めておく必要がある。

枝の先の方は横に通してある黒紐にビニール紐で巻きつけ縛る。枝の中ほどはビニール紐に結束機を使って光分解テープという特殊なテープで括る。光分解テープは日の光で溶けるテープで、栽培が終わった後は放っておいても自然にかえるので環境に優しい。

それゆえ、栽培中にあまりに暑い日が続くと、せっかく留めたテープが溶けて外れてしまうことがある。その部分はテープを留め直す必要があった。

「葉っぱをめくって、枝の下の方をよく見ろよ」

赤井と並んで、隣同士の枝を使ってレクチャーを受ける。

「ビニール紐は何本か張ってあるけど、枝の元の方を括ってある一本に沿わせるようにする。間違って別の紐につけるなよ」

「はい、ああ、なるほど。この枝は、これですね」

確認してもらうようにしてビニール紐を引っ張って見せる。

「ああ、そうだ。それと組になってる枝を結束機で留める。ちょっとやってみろ」

「はい」

結束機はテープの内蔵されたホチキスの大きい機械のようなもので、テープで結束物を巻きホチキスで留めてテープを切るという作業が一度にできる。利き手に持ってテープ部分で枝とビニール紐を包んで握力でレバーを動かして……。

あれ？　硬い。

結束機がビクともしなくて、私は手を持ち換えた。それでもうまくいかない。昔やった握力検査の握力計を思い出す。あれは全く力が入らなかった。服の上から割烹着を着込んでいる暑さに加えて焦りで嫌な汗をかく。

「早く留めろ」

イライラした赤井の声がとんでくる。私は片手で握るのをあきらめて、両手で結束機を握った。カチンというホチキスの音を聞き、安堵して息が漏れる。

「何してんだ」

赤井は私から結束機を取り上げ、カチカチと片手で動きを確認する。赤井の体に合った大きな手だ。結束機のレバーがおもちゃみたいに簡単に動く。問題がないと判断すると、赤井はまた私の手に結束機を押しつけた。

「動くだろ。遊んでんじゃねぇ」

「遊んでません。……けっこう力入れたんですけど」

「そんなことは、そのタコみたいに赤い顔見りゃわかる」

わかるなら遊んでるとか言わないでほしい。

私が初めて留めた枝のテープに触れて、

「これ、こんなにテープが緩んでちゃ意味がねぇだろ。ビニール紐と枝が離れすぎてる。テープももったいねぇし」

と小言を言い赤井はその部分を自分の持っている結束機で留めてみせた。

「こんな感じにやれ。テープが緩すぎても締めすぎてもだめだ」

「締めすぎても？」

「ナスも生きてんだぞ。枝ももっと太くなるし、ゆとりがないと育てねぇだろ」

「はぁ、なるほど」

ただ留めればいいというわけではないのか。これはなかなか大変そうだ。

「枝が一番上の黒い紐の高さよりも伸びたのは、さっき説明したようにビニール紐の先で括れよ」

「はい」

「紐を括る作業をするときは、結束機を落とさないようにかごに入れてマルチに置いておけ」

「マルチ？」

「畝の黒いビニールシート」

私に教えている間も赤井は作業の手を止めることはない。私と背中合わせに立って反対側の畝の枝を留めている。

私は顔に当たるナスの葉を払って枝の先に手を伸ばす。指の部分を切り取った軍手のおかげで手先は問題なく使える。

「ナスの花とか実を傷つけるなよ」

言われたそばからビニール紐を引っかけて紫のナスの花をひとつ落としてしまった。スゥッと血の気が引く。素直に謝っておくべきか。

「……すみません」

「何が」

なんだ見られてなかったのかと肩を落としつつ、「花をひとつ落としました」と申告する。

「気をつけろ、バカ」

愛想のない声が降ってきた。

花を落としてしまった枝の先に、今度は慎重にテープを巻きつける。しなっていた枝がグンと起き上がった。その枝には大きくなりかけている実がいくつかついていた。

「こいつら台風にやられないといいな」

優しい物言いに驚いて見上げると、ナスの実に愛し気に向けられた赤井の眼差しがあった。私の結びを確認するつもりだったのだろう。美形は近づきすぎると迫力がある。

赤井が私の後ろから両手で枝に手を伸ばしてくるので、私は赤井の腕の中で緊張しながら結び目を作った。

私の結びを確認し、

「よし。これくらいでいい。この調子で続けてやってみろ」

そう言って赤井は私から離れた。赤井の足元でカエルが跳ねてチャプンと水音を立てる。

「わかりました」

「この畝はお前に任せるぞ。俺はあっちの畝に行くから」

赤井は何列も連なるナスの畝の方を指さし、マルチに置いた自分の黄色いかごを取り上げる。

「あの、赤井さん、……ナスの木ってどれくらいあるんですか」

湿り気の強くなった風が吹く。台風がますます近づいている。

「この畑に三百、その上の田んぼの向こうの畑に五百くらいだな」

「え、ここの他にも畑があるんですか」

全部で八百本のナスの木かける枝四本は三千二百。作業量を頭の中で計算して気が遠くなった。

「ああ、ナスの畑はふたつだ。他四つは田んぼで……道沿いのふたつは貸農園にしてある。じゃあ、行く」

赤井が速足で歩いた後に波立った水から泥の匂いが立ち上がった。「俺が農家だ」と言った赤井の言葉が思い出される。

宣言されていたとおり、私は「野菜ソムリエの赤井さん」ではなく「農家の赤井さん」のところにいるのだった。

5

風が吹きつけビニールテープが生きているように動く。まるで意思を持って抵抗しているみたいだ。思うように作業が進まず苛立つ。頭の上の高さに手を上げて作業しているので腕がだるく重い。度々腕を下に向け手首を振る。割烹着の袖口のゴムの締めつけが痒(かゆ)かったり、長靴に泥水が入って気持ち悪かったり、私は体のいたるところに不快さを感じていた。

自然と戯れて癒しだと思えるのは趣味の範囲内だけだと思う。仕事で関わる場合、自然というのは大変冷たく厳しい。生き物の世話をすると心が安らぐなんて言っていられない。

農業という仕事に対する私の好奇心は、ナス畑の初めのひと畝で満たされた。ナス以外の野菜の世話にしてもおそらくそんなに違いはない。野菜が生えている数だけ手入れが必要で、それはどれも単調で退屈な作業の連続だ。

この作業を終えるのにどれくらい時間がかかるのか。台風が来る前に家に帰れるのだろうか。私はそんなことばかり考えて手を動かしていた。

今何時だろう。

何層にも連なる厚い雲がずっと空を覆っているので時間の経過が見えない。脇を流れる水路の水の流れが勢いを増していた。山の上の方に台風の雨がたくさん降っているのかもしれない。

「青モモ、こっちの畑は終わりだ。上の畑に移動するぞ」

赤井がナスの葉の隙間から顔をのぞかせる。赤井はいつの間に隣の畝まで来ていたのか。全く気づいていなかった。さすがに赤井の仕事は速い。畑の反対側から作業を進めていた赤井が三分の二以上ひとりで片づけた。私は少し悪い気がして、弱音を吐きそうになっていた口を慌ててつぐんだ。

なだらかな坂になっている畔を上って緑の田んぼをひとつ過ぎると、赤井家ふたつ目のナス畑だ。脇に軽トラが置いてある。赤井は私の手から結束機が入っているかごを取り上げ、「そろそろなくなるな」とテープや針の予備を入れた。針やテープの替え方は最初の畑に入る前に教えてもらってある。

「荷台にお前の分もお茶があるから飲んでおけよ。脱水症状でやられてもお前の世話なんてしてる暇ねぇからな……」

そう忠告する赤井の視線は、私の顔を通り越した先を見ていた。私も後ろを向いて赤井の見ているものを探す。

道路に近い畑、小さな農機具小屋を囲むようにしてたくさんの種類の野菜がさまざまな栽培方法で育てられているのが見える。おそらくあそこは赤井が貸農園と説明した場所だ。そこに身をかがめて動いている背中がある。

「こんな風の強いときに」

赤井はつぶやくと同時に駆け出す。

「伊藤(いとう)のばあさーん、俺の畑で死ぬのは勘弁してくれ」

赤井に伊藤のばあさんと呼ばれた人が緑の中からゆっくりと腰を伸ばし、走り寄る赤井に笑顔で応えていた。しわに目が紛れてしまう、八十歳は越えていそうなおばあちゃんだった。ふたりが並ぶと伊藤のおばあちゃんは赤井の半分くらいの大きさに見え、強い風に吹かれて飛んでしまいそうだ。

「キュウリと……そやけど、……トマト……」

風にのって途切れ途切れに伊藤のおばあちゃんの声が私の耳に届く。「もう帰りな」と赤井が住宅街を指さしている。伊藤のおばあちゃんはのんきに笑っている様子だ。追い立てるように赤井がシッシッと手首を動かすと、ようやく畑から立ち退くことにしたらしい。長靴の足を赤井の指さす方へ向けた。伊藤のおばあちゃんが手に持っている白いビニール袋には収穫した野菜が入っているのだろうか。風を受けて重そうに揺れている。

赤井がそれに手を伸ばし、

「青モモ、お茶飲んだら適当に始めとけ、さっきと同じ仕事だ」

とこちらを見て叫んだ。赤井はすぐに進行方向に向き直って歩き出す。返事は必要なさそうだったので、私は「はいはい」とその場でうなずくにとどめた。「ユウちゃん彼女か？」「違う」というような会話が聞こえてくる。

伊藤のおばあちゃんの家は近所なのだろう。家まで連れていくようだ。赤井と伊藤のおばあちゃんの後ろ姿は畑から公道の方へ向かっていき、私から遠ざかった。

私は赤井が用意してくれていた五百ミリリットルのペットボトルの麦茶を一気に半分くらい喉に流し込み、首にかけたタオルで顔の汗を押さえた。曇っているので脱水症状を起こす心配など忘れていた。湿度が高く暑いことには変わりない。こんなときこそ気をつけなければいけないのだろう。

赤井にとって私が倒れることなど迷惑でしかない。そんなことはわかっているけど、もう少しこちらに気をつかった言い方をしてくれたら印象が変わるのに、と思う。

私は赤井が結束機の備品の補充をしてくれたかごを持ってナスの畑に降りる。ジャブジャブと水の中に長靴を進ませた。よし、と小さく呟く。

赤井が戻ってくるまでにひと畝分くらいひとりで進めてやろう。お前けっこう役に立つじゃねぇか、それくらいは言わせてみたい。

「どうだ、少しは進んだか」

赤井が畑にいなかったのはおそらく十五分ほどのことだ。

あれほど息巻いてふたつ目のナス畑に向かっていた私はといえば、まだひと畝目の半分もこなせていない。

赤井がここを離れた後すぐに結束機のテープがきれた。機械を開けてテープ交換をせねばならず、今まさに苦戦しているところだった。

「おばあちゃん、送ってあげたんですか？」

私は焦っている手元に気づかれないよう、あえて何事もないように赤井にそう聞いた。

「ああ、うちが持ってるアパートの住人だからな」

「アパート、持ってるんですか」

「まぁ、ぼろいけどな、いくつかある。持ってる土地全部が農地じゃやってられねぇ。ここらの農家はみんなそうだ」

「そうなんですか」とうなずいた拍子に補充用のテープが手から転がりそうになった。膝でテープを挟み込んで事なきを得る。

　赤井がジャブジャブと畝の間の水を蹴って私の隣までやって来た。中腰になっている私の手元に赤井が見入っているようだ。失敗したわけでもないのに、私は緊張して乾いた唇を舐める。

「何してるんだ、お前」

　声が近い。

「テープを入れ替えようと思ったんですけど、……固くて開かないんです」

「バカじゃねぇの」

「は？」

　力が弱いことでなぜバカだなんて言われないといけないのか。勢いよく顔を上げると、赤井との顔の距離がほんの二十センチほどしか離れていなくて驚いた。睨んでやるつもりが怯んで目をそらしてしまう。

「逆だ、バカ。青モモが開けようとしてるのは反対」

「へ？　反対？」

結束機のテープケースから私の手が離れると、私が開けようとして必死に指をかけていたのとちょうど対角線上の位置を赤井が指で弾く。プラスチックの容器のふたが開くような、パカッという軽い音がしてテープケースが開いた。

「あーそっち、ははは……」笑うしかない。「すみません……バカです、私」

赤井が新しいテープを入れテープ送りのレールに沿わせて、てきぱきとセットした。

「そんなこといちいち実感しなくていい。早く作業に戻れ。雨が来るぞ」

今の私に擬態語がつくとしたら間違いなく「トホホ」だ。返してもらった結束機はさらに重くなったような気さえする。

「じゃあ、また俺は一番向こうの畝から始めるから」

表情を和らげることもなく、赤井は行ってしまった。

同じ「バカ」でも言い方があるでしょうが。呆れ口調で「バカだなぁ」とか。ちょっとかわいげをもって間を伸ばして「バーカ」とか。

バーカ、バーカ、バーカ。

横に育ちそうになっている枝を起こし、私は心で「バーカ」と言ってビニール紐と枝を留める。一枝一枝世話するごとに「バーカ」を繰り返していたら、立ち上がる枝が「よいしょ」と合いの手を入れてくれるようで調子が出てきた。カフェでお茶する予定だった自分がこんなところで農作業していることすら笑えてくる。

私は何をしてるんだろう。本当にバカだ。

しばらくして、一層暗くなった空からとうとうナス畑に雨が落ち始めた。

「青モモー、どの辺にいる？」

バーカ、ではなくて赤井がナス畑のどこかで声を上げる。

「ここです」

ナスよりも高さが出るように結束機を掲げて振った。赤井の返事が聞こえないので、自分の位置に気づいてもらえたかどうかわからない。けれど、自分がいる場所からだと後二メートルほどでこの列が終わる。私は赤井を探すよりも作業を進めることを優先することにした。

作業帽子を打つ雨が麦わらと髪の間を通って地肌を濡らす。割烹着の袖が肌に貼りつく。

列の最後の枝を結んだところで、突然頭から青いビニールポンチョをかぶせられた。

「後残り二畝だ。俺がひとりで終わらせるからお前は軽トラの助手席に座っとけ」

赤井は黒いカッパを着ている。作業用かごを提げた姿は毒リンゴを持つ魔法使いみたいだ。

「いいですよ、最後までやりますよ。どうせもう濡れてるし」

私はポンチョをきちんと着直し、赤井とナスの木の間を抜けて次の畝に移動する。中途半端でやめるのが一番気持ち悪い。

「そうか」と赤井は私の入った畝の次の畝に向かった。

濡れた布の上からビニールを着たから蒸し暑さは倍増す。けれどポンチョなしで貼りついた割烹着に体のラインをなぞられるより具合はよい。

雨風に打たれるナスの花がけなげに耐えている。大きな葉を広げ、寄り添うようにして伸びているナスが愛しく思えてきた。

倒れないでよ。

ナスの枝を紐に括りつける作業を、神社でおみくじを括りつけるみたいな気持ちで続ける。うなずくようにナスの葉が揺れていた。

6

運転手が大きいせいか、軽トラックがおもちゃみたいに見える。お尻に伝わるエンジンの振動が遊園地のアトラクションのそれのようだ。

窓の外は洗車でもしているかの如く雨が打ちつけていた。ワイパーが追いつかない。

「いよいよ来たな。日の入りまでに一通り終わって、……助かった」

赤井は私にペットボトルの麦茶を渡し、自分は大きな水筒に直接口をつけて傾ける。

一瞬礼を言われたのかと思ったが、間違っていたら恥ずかしいので聞こえていないふりをした。

どうせドロドロだからと濡れたポンチョごと助手席に押し込まれた車内は本当に汚い。シートの下には枯れたナスの葉が破れて散り散りになっている。焦げたロールパンでも落ちているのかと思ったら、泥汚れで茶色くなった軍手だった。靴や服についた泥を落とさず乗り込むせいだろう、あちらこちらに砂や泥がある。シートに座るのを躊躇したら、「犬のクソじゃねぇから安心しろ」と言われた。

カッパのフードと帽子を取った赤井の濡れた髪はややウエーブしていて、洋風な顔立ちと合わせてますます外見だけは褐色の王子様風になっている。口を開かなければ艶っぽいのに、つくづく残念な男だ。

「さて、帰るか」

「あの、バスって何時までですか？」

「あ？」

赤井が帰るのはすぐそこの家だろうが、私の帰るところはバスと電車を乗り継いで行かねばならない。

「知らねぇな……。青モモ、自分の家に帰るつもりなのか？」

こっちが「あ？」と言いたい。なんで帰らないつもりでいると思うのか。

「待てよ。携帯、携帯」

ダッシュボードの上に置いてあったスマホを取り上げて、赤井が電源を入れる。私のスマホは赤井の家に置いてきてしまっていたので、赤井に検索してもらうしかない。

「電源入ってないんですか？」

私は少し苛立った。早く帰ってシャワーを浴びたい。

「今日、警報がうるさいだろ。だから切ってんだ……あ、ほら、六件も避難指示の案内」

「この辺は大丈夫なんですか？」

「ああ、この辺はな。崩れる崖もないし、川も近くない……お、太一からメール入ってた……あ、青モモ、ダメだわ」

「何がです？」

「バスは知らねぇけど、電車が全部止まってるってさ」

「え？」

電車が止まっているということは。

「ちょうどいい、泊まっていけ」

赤井がそう言うのと同時に軽トラがゆるゆると農道を走り出す。

「ちょっと、何がどうちょうどいいんですか？」

「朝台風が過ぎたらそのまま畑を手伝えばいい。いったん帰ってまた戻るなんてめんどくせぇだろ」

「あ、明日も？」

「お前、大学生って言ったよな。今夏休みだろ」

「そうですけど」

「じゃ、ちょうどいいな」

だから、何がちょうどいいんだ。休みの間ずっと手伝うなんて言っていない。それに……。

「使えそうにないって言われてましたけど？　そんな私でも、結構使えたってことですか？」

役に立ったなら立ったと労ってもらいたい。

「誰でもできる仕事だからな」

想像したとおりの素っ気ない答えが返ってくる。

ああそうですか。では他の誰かを探してください。

赤井は本当に人の気持ちのわからない欠陥人間だ。顔がいいからといって騙されてはいけない。どうせ見た目でメディアに引っ張られただけだろう。野菜ソムリエの資格を持つ人など、他にもいくらだっている。

他の誰だって……。

私は静かに息をのんだ。言われて腹が立ったことを私も思っていた。

「誰でもできる仕事をどれだけ信念持ってただひたすら続けられるか。それが重要だ。褒められたりありがたがられたり、ちやほやされなきゃできねぇならどんな仕事も続かねぇよ。青モモ、お前はどうしてテレビで料理する人間に憧れてんだ？　ただの目立ちたがりか」

「私は……」

キラキラと明るいスタジオで楽しそうに料理する人たちが単純に羨ましかった。指摘されると心苦しいのだけれど、それはつまり、私もあんな風に輝いて見える世界で好きなことをしてちやほやされたいという欲求によるところが大きい。目指すのにそれ以上の理由が要るならその道を進みながら考えればいいと思っていた。

「……私は」

息継ぎをするように出てくる「私は」の後、続く言葉は相変わらずすぐには思いつかない。

「もっともな理由なんて無理矢理考えなくていい。くだらないこと思いつくだけだ。……いいから、お前、しばらく農業しとけ」

「え、なんでそうなる……」

「どうせお前は帰れないし、世話してもらいたいナスもまだある」

「どうせって」

簡単に言ってくれるが、女の子が泊まるとなればそれなりに準備が要るのだ。私が抗議しようと身を乗り出すと、

「もうすぐ公道に出るから一応シートベルトしろ」

と赤井は涼しい顔で言う。

軽トラのタイヤが深い轍にはまって大きく揺れた。乗り出していた私の体がさらに前のめりになる。

「こら、しっかり座っとけ」

赤井がブレーキを踏んで車を止めたところで、私の体は完全に運転席の方に倒れ込む。慌てた私が起き上がろうと手をついたのはハンドルで、ビッと軽いホーンが鳴った。おもちゃみたいな音にキョトンとしてしまう。

「だから言っただろうが」

赤井は私の体を助手席のシートへ押し返す。「シートベルト」とぶっきらぼうに言われ、私は渋々黒いベルトを引き出した。

「ほんとお前、バーカ」

そういう赤井の横顔は笑っていた。

7

赤井家は玄関も広いが勝手口も広かった。台所より一段下がった土間の部分が、ひとり暮らしの私の部屋以上の大きさだ。そこに大きなステンレスシンクと泥汚れ専用に使う洗濯機が置いてある。勝手口の扉の横の壁に、赤井のカッパと私が着ていたポンチョが並んで掛かっていた。それらの裾からコンクリートの床にぽたぽたと雫が落ちる。時折雨風が強くなり勝手口のガラスを揺らす。

「さっき伊藤のばあさんにもらったキュウリがある。他は……パプリカと玉ねぎ、これに、スープとトマトジュース、塩とオリーブオイル……適当に」

半袖Tャツにハーフパンツ姿の赤井が、キッチンの吊り下げ棚や大型冷蔵庫から次々材料を取り出す。古い家の中でひときわ異彩を放つ新しいシステムキッチンの広い調理台の上にまな板とミキサーが載っている。赤井は大きな手で手際よく野菜を刻み、すべてミキサーに入れていく。

「ガスパチョにスープ入れるんですか？」

丸い深型のプラスチック容器の蓋を開ける赤井の手元をのぞき込む。

私もつい先日夏野菜を使って冷製スープ、ガスパチョを作ってみたところだった。いくつかレシピを見たけれど、スープを入れると書いてあるものはあまりなかった気がする。

「昨日の晩飯の残りのスープがちょっとあったから入れるだけだ。味を想像して悪くないと思えればなんだって入れていい。仕事じゃねえからな」

私は赤井に並んで立ち、借りたジャージのウエスト紐をこっそり締め直す。赤井のサイズなので大きすぎて気を抜くとすぐに緩んで下がってしまう。裾は何重にも折り返してあるので厚みが出すぎてまっすぐ足をそろえて立てない。

「女が家に来て自分の服着ると色っぽく見えるとか聞くけど、お前に関しては全くそんなことはなかったな」

ミキサーを操作しながら赤井が言う。使い込まれた型の古いミキサーのスイッチはレバー式だった。モーターの焼けるような臭いがする。

「それ、彼シャツとかいうやつですよね」

「ああ、そうか、彼で、シャツか」

赤井は納得した様子で顎に手をやる。

そうだ。彼でもなければシャツでもない。色気など出るわけがない。けして私に問題があるわけでもない。

「ジャージを突き上げるような胸のボリュームはないな」

赤井の声色がどこかがっかりしている。赤井にとってそういう対象にならないで済むのは助かるが、ここまであからさまだと複雑な気持ちになる。

「すみませんねえ、色気なくて」

開き直って腕を組む。
「いやいや、モモちゃんはかわいらしいで。女の子の孫がおったらこんな感じなんやな」
赤井の祖父、幸太郎がダイニングテーブルからうれしそうに口を挟む。笑った拍子に
「いてて」と腰をさすった。
外気温が三十五度近いというのに、私は赤井に黒いジャージの上下を借りている。
袖などほぼ半分の長さに折り返しているので生地の厚みは二倍だ。暑い。暑いけれど、
胸のファスナーも目いっぱい上まで留めている。下着をつけていないので心細くて仕方
ない。
こんな広い家なら当然赤井の両親も含めて大人数で暮らしているものだと思っていた。
想定外に泊まることになってしまったが、赤井の母親とか誰か女の人もいるだろうから
なんとかなるだろうと。
台風の雨風の吹き荒れる中、勝手口から赤井家に飛び込んで家の中があまりにも静か
なので落ち着かなくなった。「赤井さんご両親は？」と聞いて赤井を振り返ると、服を
脱いでボクサーパンツ一枚になった赤井が立っていた。
「父親は転勤族だから、今は母親とふたりでドイツにいる」
濡れた髪を犬みたいに振りながら赤井が答えた声に、私の悲鳴が重なった。その声を

聞きつけた幸太郎が這うようにして台所までやって来た。赤井は「なんだうるせぇな」と眉をひそめただけだった。

二十歳の娘が、よく知らない男所帯に泊まることになる恐怖などこの男にはわかるまい。

当然のことながら私につけられる下着はこの家にはなかった。洗濯してあると言われても赤井のトランクスやボクサーパンツは嫌だ。幸太郎が買い置きしていた未使用のブリーフを出してくれたがこれも断った。脱衣所の洗濯乾燥機の中で回っている自分の下着が乾くまで待つしかない。

赤井は私の不安などまったく気にしない様子で、夕飯の支度をしている。ふたつの透明なガラスの器にガスパチョを注ぎ分け、細かく刻んだキュウリとトマトを浮かべて飾る。

「わしはそんなトマトジュースみたいなもん要らんわ」

幸太郎はダイニングテーブルの椅子に浅く腰かけ、味噌汁をすすっている。

「ガスパチョだ、ガスパチョ。スペイン料理だぞ」

赤井がダイニングテーブルにガスパチョの器を運び、幸太郎の向かいの椅子にドカリと腰を下ろす。テーブルには他に、ナスと豚バラの味噌炒めの大皿と大小さまざまな大きさの茶碗に盛られた炊き込みご飯が載っている。

「赤井さん、ガスパチョの器、レトロなデザインでかわいいですね」

水玉模様がうっすらと刻んである器はコロンとした丸いフォルムが愛らしい。赤いガスパチョが涼しげに見える。

「レトロっていうか、古いからな。ばあちゃんはよくこれにヨーグルトを入れてた」

「箸つける前にお料理の写真撮ってもいいですか？」

私は自分のスマホを取りに行こうと引きかけていた椅子から手を離す。

「ここでか？」

言われて見回せば、六人掛けのダイニングテーブルの半分には物が雑多に積み上がっていて背景はとても写真に向いた状態ではなかった。

「男所帯で片づけが苦手なんや」と幸太郎が白い頭をかく。

「写真なんていいからもう座れ。腹減った」

赤井は大皿からナスと豚バラの味噌炒めを自分の小皿に取った。せっかく美味しそうにバランスよく積み上がっていたのに。これで料理だけの写真も撮りにくくなる。さらに赤井は自分の分と私の分、両方のガスパチョにスプーンを差し入れて上に浮かせてあった角切りのトマトとキュウリを沈めた。

「あー、もうひどい。なんで人の分までかき混ぜるんですか」

「写真なんて撮ってから飯食う奴は嫌いだ」

赤井はスプーンも使わず直接器に口をつけてガスパチョを飲んだ。

「いいじゃないですか、食べちゃったらなくなっちゃうから撮っておきたかったんです」

私は赤井の隣の椅子を勢いよく引いて腰を落とし、テーブルの上の新聞紙の束を重ねて隅に寄せる。ふてくされ気味にガスパチョをスプーンですくい口に入れた。

「うわっ、美味しい。これ」

夏野菜の爽やかさとオリーブオイルの鼻に上がってくる香り、スープのコクも感じられサラッとしすぎない後口だ。頭に上っていた血がスゥッと引いていく。

「昨日のスープがなかなか利いてるな」

赤井が満足げにうなずく。

「難儀やなぁ。スペイン人は変わったもんを飯にするんやな。そんな料理、モモちゃんも好きなんか」

幸太郎は人懐こい笑顔を私に向ける。

「ユウは子供の頃親についていっていろんな国に住んどったからな、なんやようわからんもん作るんや。わしは和食がええわ」

「子供の頃っていつくらいまでですか？」

さぞ生意気な子供だっただろうなと想像する。

「中学一年まで。俺今二十七だから……もう十四年も前の話だ。高校と大学は京都市内で、ここから通った」

「大学行ってたんですね」

「ここに来たときから農業やるつもりでいたし、農業科だけどな、Ｋ大の」

「Ｋ大っ」

「モモちゃんも大学生やったな」

「お前どこ行ってんだ？」

凡人では行けないレベルの大学名を聞かされて、とても自分の学校の話をする気は起きない。

「その辺のぼちぼちな大学の国文科です」

「国文科って何すんだ？　あん？　それで料理？　またぜんぜん計画性を感じられない進路選択だな」

言われたくないことをズケズケと。

今まさに私が悩んでいるのはそこだ。夢に迷わず自分の道を歩ける人にはわからないだろう。まして普通の感覚を持ち合わせていない人になど、私の悩みを理解できるわけがない。私は話を元へ戻すことにした。

「そんなことより、赤井さんはいいなぁ、いろんな国の本場の味を知ってるなんて。羨ましいです」

「いいことあるか。どこにいてもなんかいづらくて、家にこもって飯作るのが楽しみだったたくらいだ」

「え？　赤井さんみたいな性格でいづらいなんて思うことあるんですか」

あまりに意外だったので声が裏返ってしまった。ギロリと横目で睨まれる。

「どこ行っても外国人って言われて大変なんだぞ。日本に帰って来てからもしばらく外国人って言われたし」

「帰国子女の苦労話はよく聞きますけど、赤井さんの場合は赤井さんの性格にも問題がありますよね」

私は赤井が沈めたガスパチョのキュウリをスプーンですくってみせる。幸太郎が「そうやそうや」と同意した。

「うるさい」と赤井は大盛りのご飯茶碗を取り上げる。

「人間はややこしいわ。小さいことで腹立てて。それに比べりゃ植物の相手は楽だ。素直に育つし要らんこと言わねぇし」

　いやいやいやいや、要らんこと言って人を苛立たせるのは誰だ。

「赤井さんはもうちょっと発言に気をつけたらどうですか？　居心地悪さとか感じるような神経がちょっとでもあるなら」

　嫌味っぽく言って、私はスプーンを口に運ぶ。赤井は口に炊き込みご飯が詰まっているのですぐには言い返してこない。もくもくと顎を動かして私の方をうかがっている。

　私はその視線を振り切って大皿の料理を自分の小皿に取った。

　椅子に座っているとジャージの縫い目がお尻に直接擦れて痒い。私は少しだけお尻を浮かせて座り方を変えた。

「他人に気をつかうのは面倒くさい。お前こそ、今、そうとう居心地悪いんじゃねぇの？　ノーパン。尻をもじもじさせるな」

　ぎゃっ。バレてる。

　冷たいガスパチョを口にしているのに、私の顔はどんどん熱くなっていった。

8

目覚ましが鳴ったのは朝四時半だった。同時に「起きろ」と赤井に布団を剝がされて飛び起きた。

「赤井さんっ、勝手に部屋に入ってこないでくださいよっ」

私は絶叫して、乾燥機で乾かした昨日の服を抱えて洗面所に飛び込む。

信じられない。あの人は私が女だということを完全に忘れている。意識されても困るのだけど、されなさすぎるのも困る。

……まぁ、こんなところで熟睡できてしまう私も私だけど。

部屋がいくつもあるとは言え、すべてが襖で仕切られているだけの古い間取りだ。彫刻欄間など壁といえるのか。普段赤井がひとりで使っているという二階の部屋の奥の間ひとつを貸し与えられた。襖何枚か向こうに赤井が寝ているという状態で布団を敷いて、絶対に眠れないと目を閉じた瞬間から意識がなかった。初めての農作業で自分が感じるよりも体は疲れていたようだ。

水だけで顔を洗い、ジャージから白いブラウスと紺のジーンズに着替えて一階に降りた。化粧道具がそろっていないので身支度に時間がかからない。日の出の時刻には畑に出ると言われていたが、これなら後十五分くらい眠っていても間に合った。

勝手口で割烹着と軍手を取って帽子をかぶり外へ出る。足元は長靴だ。赤井が軽トラを用意して待っていた。

朝の爽やかな空気を感じるかと思いきや、湿気が強くて少しも涼しくない。ブルーグレーにうっすらとオレンジが混じったような空に、台風が残した灰色の雲がまだいくつか重そうに浮かんでいた。ポーポーポポポゥとどこかで鳩が鳴く。


公道のアスファルトは乾いていたが、農道にはまだところどころ水が残っている。タイヤで水を跳ね上げながら赤井は昨日と同じところに軽トラを止めた。

「昨日の台風は進路がちょっとズレたみたいだな。あんまり被害はなさそうだ」

全開の窓から顔を出して赤井が呟く。

ざっと見た感じ、昨日見た畑の様子とあまり変わらない。

「赤井さん、ナスの畑の周りを囲んでる植物はなんですか？　トウモロコシ？」

軽トラから降りて私はその植物を指さした。まっすぐに伸びた背の高い植物の先端に黄色い穂のようなものがついていて、葉っぱの形もトウモロコシについているものに似ている。

「ソルゴーだ。トウモロコシじゃない」

運転席から出た赤井は、荷台のシートを開けながら答えた。大きな水たまりを飛び越え赤井のそばまで歩く。

「ソルゴー？　野菜ですか？」

「シロップが取れる。けど、ここじゃただのアブラムシ除け」

「食べるために育ててるんじゃないってことですか？」

「ソルゴーがアブラムシを引き寄せるから、ナスに使う害虫駆除の薬が少なくて済む。バンガー法っていう」

「へぇ、そうなんですね……害虫……やっぱ無農薬って、難しいんですか」

「ちっ」と赤井が舌打ちした。

ザワワと田んぼの稲穂が風に煽られる。農薬の話はいけなかったのか。私の心もざわついた。

「無農薬、無農薬って簡単に言うけどな、農薬をまったく使わなかったらナスの葉っぱ全部虫に喰われるぞ。そうなったらどうなる？」

「実も育たない」

「そうだ」

「……そうですね、すみません」

無農薬にこだわっているわけではないけれど、赤井の気分を害したようなので謝る。

「別に怒ってない」と赤井が怒った口調で言う。

「……すみません」

口先だけの「すみません」を指摘された気がしてまた謝ってしまった。

「葉っぱが健康じゃねぇと美味い野菜はできねぇ。俺の畑には最低限の薬が必要なんだよ。俺だってできるなら虫一匹一匹つまんでひねりつぶしてやりたいわ。アブラムシやらカメムシやら、あー、腹立つな、虫は」

農薬の話というより虫がダメだったらしい。

「トウモロコシなんかはな、カラスにやられちまうんだ」

憎々し気に赤井が続ける。

「カラスが？　食べるんですか、トウモロコシを」

「あいつらはトウモロコシの実が収穫できる頃になると実の上に留まって、自分の体重をかけて枝からトウモロコシを地面へ落として突く。ちょっとほじっては捨てていく。せっかく美味い実をつけてるのに、もったいないことしやがる。食うなら全部食え、俺の育てたトウモロコシ。……カラスを撃ち殺したくなるから、トウモロコシは作らねぇことにした」

「……なるほど。それはやめた方がいいですね……」

本当に撃ち殺しに行きそうだから。

ナスを守っているソルゴーを眺めて私はなんとなく安心した。

「赤井さん、ナス以外の野菜って育ててるんですか？」

「貸農園の隅っこで少しな。出荷用じゃない。今年、夏の初め雨が多かっただろ？　だからトマト失敗した。トマトは水をやり過ぎたらダメだから。かわいそうなことした」

「赤井さんでも失敗することがあるんですね」

「ある。なかなか全部には手が回らん」

「忙しいのになんで野菜ソムリエの資格なんて取ったんですか？」

「野菜の資格ってどんなもんかと思っただけだ。俺は農家だし、大学も行ったし、野菜の知識そのものは目新しくはなかったけど、野菜のことを伝える技術なんかの講義は面白かったな。レシピの作り方とかも。太一の店のレシピ手伝って、たまたまそこから雑誌とテレビの話がきた」

「すごいですね」

自分が望まなくても向こうからチャンスが来る人には来る。

「太一の顔が広いんだ。俺の持ってる資格なんてプロコースでもねえし、そういう仕事したい奴にしたらラッキーなんだろうな。顔がいいからとか言われると腹立つけど。俺の方が知識があるに決まってる」

「みんな羨ましいんですよ。赤井さんは見た目で目立ちますもん。食の資格ってたくさんありますけど、食のスペシャリストになるのにどれも特に必須じゃないじゃないですか。そうするとまず仕事を摑むためにいかに自分を覚えてもらえるか。個性が大事なんでしょ？　見た目のよさってなんだかんだで強いですよ」

「マスコミが期待するキャラ作るの疲れるぞ」

「作れるんですね」

「騙された女子大生が農業手伝いに来るかもしれねえからな」と作業用のかごを渡される。

「私は赤井さんの見た目につられて来たわけじゃないですよっ。だいたい昨日の放送、赤井さんは出てないでしょ」

「テレビよりナスの方が大事だ。……お前は俺じゃなくて野菜を知ればいい」

赤井は荷台から空の黄色いプラスチックコンテナを下ろす。収穫したナスを入れるもののようだ。全部で八つある。

　コンテナをすべて下ろすと荷台にポツンとひとつ銀の保冷バッグが残った。昨日はこれにお茶が入っていた。赤井は昨日よりも膨らんでいるそのバッグを取り上げてファスナーを開ける。

「腹減ってたら食えよ。晩飯の残りの塩昆布とシーチキンのご飯だけどな」

　ラップで包まれた大きなおにぎりが出てきた。茶碗二杯分はありそうだ。赤井は自分のおにぎりだけ取ると保冷バッグごと私に差し出す。バッグの中に残っていたもうひとつのおにぎりも同じくらい大きかった。

「デカ……」

　持ち上げるとズシリと米の詰まった重みが感じられる。

「こちょこちょと小さいのを握ってられん」

　そう言うと赤井は大きな口でおにぎりにかぶりつく。

「このご飯、好きです、私」

「米、シーチキン、塩昆布、調味料なし。簡単な炊き込みだ」

　レシピを教えてくれと頼んだら返ってきた言葉をそのまま繰り返された。半分残して後で食べようと決めて、私もおにぎりに口をつける。

「お、そうだ、面倒くせぇから中にナスの漬物入れたんだ」

赤井の食べかけのおにぎりの真ん中から半月切りのナスが顔を出していた。鮮やかな紫色が見える。

「自家製ですか？」

「当たり前だ、バカ。ナス農家だぞ」

「そ、そうですよね」

面倒くさい面倒くさいと言いながら、赤井はまめに料理して味わうことを楽しんでいる。ナスを育てるのも料理をするのも本当に好きなんだろうなと思う。

どうしたら漬物のナスがこんなにきれいな紫色になるのか聞きたかったけれど、やめた。頰にご飯粒をつけて目を細める赤井の顔を見ていたかった。日焼けした肌が朝日を受けて光る。日の光の下で働く人は美しい、素直にそう思える。

本当の農家飯は信楽焼の皿の上ですまして写真を撮られたりしない。

イメージではない本当の農家をもっと見てみようか。

私の視線に気づいた赤井がじっと私を見つめ返してきた。目力は完全に負ける。私は慌てておにぎりに視線を戻す。

「青モモ」

「はい」

呼ばれてうつむいたまま返事をした。

「お前、昨日より目がちっちゃくなってねぇ？」

軽トラの荷台にもたれていた体が滑りそうになる。

「ちょっとよく見せろ」と難題に臨むような顔を近づけられて、私は大きく一歩後ろに下がった。足元のカエルがびっくりして次々ナス畑の水にダイブする。

「きょっ、今日はけ、けっ、化粧をしてないからですっ」

「あ？　そうなのか。変わんねぇような変わってるような、微妙な感じだったんだが、どこが決定的に違うか今気づいた。目だな。昨日より瞼が重い」

嫌な人だ。気にしている奥二重をそんなにはっきり指摘しなくてもいいじゃないか。

「残りのご飯、後でいただきます」

私は食べかけのおにぎりをラップで包みなおし、保冷バッグに放り込んだ。自分の作業用のかごを持つ。

「で？　今日はどんな作業ですか？」

赤井を背にして問いかける。

「あ？　ああ、お前は昨日と一緒。俺は実を切っていく」

「またですか？　昨日したばっかの仕事なのに？」

「ナスはどんどん成長していくんだよ。毎日留めないと追いつかねぇ。俺は収穫していかなきゃなんねぇし、今日はお前に新しい仕事を説明してる暇はない」

　ガサガサと草を踏んで赤井が私に並ぶ。顔を見られたくなくて赤井がいるのと反対の方向を見る。

「俺はあっちの奥から作業するから、お前はそっちの方から留めて来い」

　目の端で赤井の指先の動きを確認し黙って首を縦に振る。

「ムカついてんじゃねぇよ。ったく、めんどくせぇな」

　肘でつむじを突かれた。

二章
すべての道は農業に通ず

Akai of the vegetables
sommelier farmer

1

京都はナスの生産量が毎年全国でトップテンに入る生産地だという。ブランド産品として賀茂(かも)ナスや京山科(やましな)ナスなどがある。丸ナスの代表品種と言える丸い賀茂ナスは有名だ。赤井の畑があるこの辺りは、残念ながらそれら京ブランドナスの産地ではないらしい。

赤井が作るナスは千両二号という品種だ。よく知られた濃黒紫色の長い卵形。特に珍しいものではない。この品種は実が育つのが早くて収穫量も多く、長期栽培にも適しているそうだ。

赤井が育てたナスは果皮が柔らかくて味もいい。煮ても焼いても揚げても、すべて美味しい。それはよく知っている。

なぜなら、ここに来て十日、私はほぼ毎日収穫したてのこのナスを食しているのだから。

収穫かごにベニヤ板を敷いただけの低い椅子に座ったまま、私は倉庫の壁沿いに積まれた出荷用のダンボール箱に目をやる。箱の中身はまだ空だ。

今日は何箱出荷することになるだろう。

収穫したばかりのナスを手のひらの上でゆっくりと転がす。つるりと滑らかな実には棘のあるガクがついている。指はもちろん、ナスの実も傷つけないように注意しなければいけない。慎重にサイズ見本のナスと照らし合わせ、私はナスを分けていく。

ナスを箱に詰めるのは赤井の仕事だ。欠陥品を入れてはいけないので私には任せてもらえない。箱詰めは素人には難しい。

虫喰いとか大きなキズなら私にも見つけられる。問題は「ボケ」だ。

色が薄くツヤが足りないナスは「ボケナス」と呼ばれ、欠陥品とされる。この「ボケ」の具合がどうもよくわからない。私には全く支障がないと思うようなものでも、赤井に容赦なく弾かれてしまう。「それ、ダメなんですか?」と思わず身を乗り出すと、「色がボケてテリが足りねえだろ」と面倒くさそうに言われる。言われればそんな気もするけれど、そんなにボケているだろうか。出荷できないほどだろうか。少なくとも私はスーパーでそれが並んでいてもおかしいとは思わない。

わかりにくいボケにはツッコミは入れられない。こういうものは教えてもらって理解するものではなく、日々の仕事で習得していく感覚のようなものだろう。

幸太郎がいてくれればボケの判断が仰げるのに。腰の調子がよくなってきた幸太郎は、箱詰め作業にちょくちょく顔を出すようになっていたが、あいにく今日は病院へ行っている。

赤井は作業中に話しかけられるのを嫌い、「お前はボケもキズも見なくていいから簡単なサイズ分けだけをしておけ」と言う。箱詰め作業に入る前に、中指の先から手首ほどの長さのナスをLサイズの見本として渡された。それと比較して大きいものと小さいものに分けろということだ。

検分の目をまったく期待されていないことに気落ちする。

こんな単純な作業しか任されない。

内心拗ね気味にコンテナからナスを取り上げた。ナスを見比べていくうち、私は「あれ？」と首をひねり、傾けることになった。首のコリをほぐしているみたいに。

ただの大きさ比べも自然の作り出すものとなると一筋縄ではいかない。ナスには短くて太いものも長くて細いものもあって、大きさの感覚を惑わされる。正面から見ればまっすぐなのに、角度を変えると曲がって見えて少し長くなるように感じるトリックアートなナスもあった。

このナスはLサイズだろうか、それとも2Lか。

両手にナスを持って唸っていると、頭に何か飛んできた。

「痛っ」

ポスッと間の抜けた音と軽い衝撃。後頭部でひとつに括っていた髪が乱れ、はらりとおくれ毛が一筋頬に落ちる。

首をすくめた私の頭からコンクリートの床に転がったのはナスだ。虫に喰われて実の真ん中に大きな穴が開いている。

ナスが飛んできた方向を睨む。大型の黄色いプラスチックケースの壁が邪魔して向こう側は見えない。私は渋々椅子から腰を上げ、床の上のナスを拾う。

「ちょっと、赤井さん」

プラスチックケースに積み上がったナス越しに赤井を見下ろして声をかける。無造作というか、数か月散髪に行っていないと思われる髪がつむじのところで跳ね上がっているのが見えた。

赤井は私の呼びかけに答えず、視線を手元に落として黙々と作業を続けていた。集中しているときの赤井は私の存在などすっかり忘れてしまう。どうやら私を狙ってナスを投げたわけではなさそうだ。

一言文句を言ってやるつもりだったのに。私はそれを諦め、機械のように手を動かす赤井を眺めた。

投げ出したハーフパンツの足元には出荷用のダンボール箱が四つ並ぶ。赤井はサイズ分けしながら同時に欠陥品をチェックして、パズルのピースを埋めるようにナスを次々箱に詰めていく。赤井の仕事は無駄がなく丁寧だ。長い睫毛の下に真剣な視線がのぞき、伝統工芸の職人の作業でも見ている気持ちになる。赤井でもサイズ分けに悩むナスもあるらしい。ときどき手のひらの上で軽くポンポンとナスを跳ねさせ、眉を片方だけ上げて小さな音に耳を凝らすような難しい顔をした。

高い鼻筋に汗が流れる。襟首の伸びたTシャツを引っ張って顔を拭き、赤井はようやく私と目を合わせた。

「なんだ、青モモ。どうした？」

「赤井さんが投げたナス、私に当たりました」

「ああ、それ虫喰い」

謝罪の言葉はなく、誰が見てもわかることを平坦な口調で返してくる。

「それはわかってます」

「じゃあなんだ？　あ、虫の種類か？　それ喰ったのはタバコガかオオタバコガっていうガの幼虫」

「いえ、別に虫のことは……」

「ナスにつく虫はたくさんいる。けど、実を喰う害虫って言ったらだいたいタバコガかオオタバコガの幼虫だ」

「はぁ」とため息と相槌の中間のような息が私の口から漏れた。

誰が虫の説明を請うたか。

集中力が途切れて休憩しようと思ったタイミングだったようだ。赤井は自分が話したいときに自分が話したいことを話す。相手がその話題に興味があろうがなかろうが赤井には関係ない。

「オオタバコガは、一日に二、三百個も卵を産むらしい。雌一匹が三百個だぞ。夜のうちに卵を産みに来るんだ。茶色い地味な蛾。ソルゴーではとても防ぎきらねえわ。薬は最低限しかまきたくないし、幼虫は実の奥深くまで潜り込んじまうからどうしようもない。黄色灯っていう黄色い電気をつけておくと、蛾が交尾しにくくなって寄らなくなるらしい。それを実行してる農家もあるけどなぁ、うちの畑は田んぼのど真ん中で、電源のことも考えると現実的じゃない。どこから電力を引っ張るか……。ナスってな、毎年同じ場所で育てると病気になるから連作回避のために畑の場所を移動させなきゃなんないんだ」

「移動？」

「米を作ってるところと場所を交換すんの。今のナスの畑は来年田んぼになる。それ考えたらますます電気灯すのなんて難しい。自然の中に人工的なものを持ち込むのはそんな簡単じゃないな」

赤井は「うーん」と両腕を天井に向けて伸ばす。

自然の恵みを育てるのは自然との闘いでもある。傍若無人な赤井が、何より思いどおりにならない自然を相手しているのだから不思議だ。

「防除ネットかけても、カメムシとかテントウムシダマシとか小さい虫は網の目くぐって来るし……そもそもうちの畑の広さだと全部囲むのは無理だ」

赤井が私の左にある窓の方を指さす。

何台かの車が止まっている砂利敷きの駐車場と公道、赤井家の貸農園、その向こうがナス畑だ。見える範囲、公道以外は赤井家の土地だった。

私たちがナスの箱詰め作業しているのは、赤井家の正面玄関とは反対側、勝手口を出たところにある駐車場に建てられた倉庫の中だ。敷地の一部は月極駐車場で、テニスコートなら四面はとれそうなくらい広い。乗用車が三台くらい入る倉庫には軽トラが一台だけ入っていて、空いたスペースが作業場になる。エアコンはついていないけれど、シャッターと残り三方の窓が全開になっていて風が通った。

プラスチックケースに貼りついていた一枚のナスの葉が、飛ばされて出荷用のナスの箱に引っかかる。葉っぱにも何かの虫に喰われた跡があった。私は葉っぱを拾い、穴あきナスと一緒に私と赤井の後ろに置かれたブルーコンテナに入れる。これは廃棄するナスを入れる、いわばゴミ箱だ。

「赤井さん、虫喰いはちゃんとコンテナに入れてください」

赤井は「んー」と気のない返事をして、「あの台風から後、夕立もないな」と窓から目を放した。私は赤井の視線の動いた後を追うように目を動かす。インクの原液をこぼしたみたいに空が青い。

台風が去ったあの日も忙しかった。

ナスの生長の速さは想像以上だ。前日に光分解テープで留めたばかりのところから枝がぐんと伸びていて、収穫できる大きさではなかった実が一晩で枝をしならせるほどに生っている。それがいくつもいくつも、いつのまにどこからやって来たのかと目を疑うほど生っていた。

台風の雨風が吹き荒れる中でもナスがけなげに生長していたことに感動した。ナスについた水滴はナスが流した汗にも涙にも見えた。

農業初心者の私と赤井、ふたりで最終出荷時間ギリギリまでかかって濡れたナスを拭きながら箱に詰めた。

収穫がこんなに忙しないものなら、赤井ひとりでは大変だろう。

農協で出荷用のナスを下ろした後、私はしばらく住み込みで農業をすることに決めた。

赤井に頼んでそのまま軽トラで京都市内の私のマンションまで連れて行ってもらい、数日分の着替えや化粧品などを持って戻った。

母には電話をして、住み込みで農業をすると伝えてある。母は私が夏休みの間そういう体験コースに参加するのだと思ったようだ。驚いてはいたが、「ほら、夢とか趣味なんてコロコロ変わるでしょ」と笑っていた。

私は向かう方向を変えたつもりはない。少なくとも国文科の勉強よりもルートの修正ができている。

深い獣道な気はするけど。

「そういえば、あれから雨が降ってないですね」

箱詰め作業に戻った赤井の背中に向かって言う。

体温ほどの高い気温の暑い日が続いている。水が欠かせないナスに水をやるため、赤井はこのところ作業時間以外にも度々水路の水を流し入れるために畑に出かけた。

台風で一度に大量の雨を降らせたり、日照りが続いたり。天気は赤井のように気まぐれだ。

赤井が前を向いたまま背後にまたひとつナスを投げた。小さめのナスが放物線を描いてブルーコンテナの中に納まる。

「それはボケに虫」

赤井が振り向かずに言った。二段に積んであった黄色いケースの上段が空になっていた。私は空のケースを邪魔にならないように倉庫の隅に運ぶ。

「ボケとか曲がったナスがちょくちょく出てきたな。やっぱり午後から追肥するか」

ブルーコンテナの隣の棚にかかっているカレンダーに目をやり赤井が呟く。手にはアルファベットの「J」の文字を象(かたど)ったようなナスを持っている。

「肥料まくんですか？　散布機みたいなもので？」

「いや、下に敷いてある水に混ぜて流す。ボケとか実が曲がるのは肥料不足の目安になるんだ。畑の花にも気になるのがあったしな」

「花も？」

「ああ、まぁ、いろんなとこにサインが出る」

細かい説明が煩わしくなったのだろう。赤井は具体的な花のサインについては濁した。頭の中は別の考え事に移っている様子で、眉間にしわを寄せ黒目だけを上に向け天井を睨んでいる。赤井は気がのれば聞き手がうんざりするほど蘊蓄を語るのに、面倒になると相談が必要なことすら話さなくなる。勝手な人だ。

「台風がまた発生したみたいだしな、そろそろブロッコリーまいておかないと……」

赤井は握り拳を自分の額にコツコツぶつけながら口の中でもごもごと独り言を言う。ナス以外の野菜も植えるのか、と思ったが、聞ける雰囲気ではなかった。赤井は完全に自分だけの世界に入っている。こういうときに話しかけても威圧的な視線で黙れという合図を送られるか聞こえていない振りをされ、こっちが不愉快な気持ちになるに決まっている。

私は立ったままカレンダーと赤井の横顔を交互に見た。

「今日が九日だろ」

赤井は右手の指を親指から順に折っていき、

「えーと今日の午後、ナスの肥料をまく。で、明日朝、収穫は休み。その代わり、ブロッコリーの種まき」と頭の中に描いた予定表を読み上げるように言った。

「ナスの収穫に休みなんてあるんですか？」

つい声を出して私は赤井の傍に寄る。

「あ？　ああ？　ああ」

赤井は今また私がいることを思い出したように顔を上げた。「追肥した日の次の朝は収穫を休む。……青モモ、そういえばお前、休みが欲しいって言わないな」

「え？　だって、赤井さんは休みなんてないんでしょ？」

「ナス農家は今の時季休んでられないからな」

「そうですよね。私、休みっていう言葉を忘れてました。だって、ナスはどんどんどん育つし、畔の草は刈っても刈っても伸びるから」

「そうか」と赤井が顔にしわを寄せて笑った。

この十日間はナスを中心とした農業一色だった。慣れない農作業に疲れて勉強するどころではなかった。

というのは言い訳で、たくさんある食の資格を調べているうちにどれが自分に必要なのかわからなくなって、農業で体を動かす方が気楽だったというのが本当のところだ。

野菜ソムリエの資格にも三つの段階がある。最初の資格取得は講座を受講してテキストを覚えればそれほど難しくはないようだ。仕事を得るためには当然それよりも上の資格を目指さねばならない。赤井のように資格を超越した知識や美貌があるわけではないのだから。そうなると受講費用も増え簡単には手が出せなくなる。資格を取ることが食のスペシャリストの実際の仕事にどれほどつながるのか、もっと調べる必要があった。

ところが、畑に出て日の光を浴びると良くも悪くも不思議と解放された気分になって、資格なんてどうでもいいような気がしてしまう。机に向かって野菜のなんたるかを頭に詰め込むよりも、赤井の農業や料理の手伝いをして実際に野菜に触れる方がずっと意味があることのように思えてくる。

いや、意味があるのだ、きっと。

漠然とした夢を持て余した私はそう決めた。

「明日の朝は久しぶりにナスを忘れてゆっくり寝とけ」

ぼんやりしていたら曲がったナスの先で頭をポンポンと叩かれた。

「はひ」

返事のタイミングであくびが出そうになり首にかけていたタオルで口を押さえる。

朝四時半に起きて五時前からナスの畑に入り、八時に一度帰宅して一時間休憩、九時から箱詰め作業をして正午までに出荷するというのが午前中のスケジュールだ。午前十時、椅子に座って作業を始めて一時間くらいたったこの時間が一番眠い。

「後二かごだ。さっさと終わらすぞ」

再び赤井は話しかけるなというオーラをまとって私に背を向けた。

2

倉庫の前に軽トラを出して出荷用の緑のダンボール箱を載せる。倉庫の屋根から日向に出るだけで、暑さと眩しさで自然に顔が歪む。

最後の箱を積み込んで、赤井が荷台に緑のカバーをかける。

駐車場は緩い坂の公道に面していて、下に広がる田んぼよりも一メートルほど高い。田んぼが一面見渡せる。まだ青くまっすぐな稲穂が、きちんと列を成して立っていた。

この田んぼは赤井の田んぼとは様子が少し違う。違うけれど、どこが？　と聞かれるとすぐには答えられない。

ゆっくりと視線を巡らせると、稲の向こう側の畔で何かが光った。畔の草を刈る人の草刈り機の金属部品が日光を反射したらしい。

それで私は気がついた。

この田んぼは水がほとんど入っていないのだ。

赤井の田んぼは稲の下で水が日の光を照り返してキラキラと輝く。そこにアメンボが渡り、カエルが跳ねる小さな波紋がいくつもできていた。

草を刈っている人は機械を使い慣れていないのか、ときどき引っ張られるように宙に刃を振り上げた。見ている私がハラハラしてしまう。

「シロ、本格的に帰ってきたな」

赤井も草を刈る人を見ている。

「シロ？」

「ああ、あの草を刈ってるメガネ。うちの駐車場に面したその田んぼはあの城山(しろやま)って奴の田んぼだ。親に田んぼを任せて大阪でサラリーマンしてたらしいけどな。どうも嫁と子供を置いて戻ってきたって話だ。今までは田植えとか稲刈りとか、忙しい時季しか帰ってこなかった」

「家族を置いて？　……離婚しちゃったってことですかね」

「そこまでは知らん。ひとりで帰ってくるってシロの母親がうちのじいさんに言ってたのを聞いただけだ。ちょうどいいと言えばちょうどいい。あいつの両親も去年から体調崩しぎみで大変みたいだし。ただ、気が弱すぎるんだよな、シロは」

「気が弱いとか、農家なら自然相手だしあんまり関係ないんじゃないですか？」

逆に赤井のような傍若無人な態度でもトラブルも少なくやっていけているのだろう。

「アホ、農家なんてしがらみだらけだぞ。昔から協同組合っていうのがあって。この辺はそういう付き合いが減ってきたから、まだマシだけどな。それでもうるせぇんだ、いろいろと」

「赤井さんがしがらみなんて考えるんですね」

「いや、俺は考えねぇけど……」

「周りが大変でしょうね」他人事ながら同情する。

「細かいこと言ってくる奴はいるけどな、俺は気にしない。今俺が言ってるのは、農家だからとかそういう問題じゃねぇ。生きていく上で要る肝の太さの問題」

「肝ですか」

畔にある城山の後ろ姿がまた草刈り機に振り回されてぐらつく。体を立て直したと思ったら、顔のメガネが大きくゆがんでいた。背はそんなに低くはないのだろうが、自信なさげにすぼめている痩せた肩の線と常に前に傾いているような姿勢のせいで随分小さく見える。

「危なっかしくて見てらんねぇな」

赤井は腰に手を当ててボキボキと背中の骨を鳴らした次の瞬間、「おーい、シロ」と大声で城山を呼んだ。

3

「赤井さん、よその田んぼの水を勝手に止めるとか、まずいんじゃないですか」

私は声を潜め、畔に屈んで水路をのぞき込んでいる赤井に囁く。

「そうだな、俺がやられたらキレる」

キャップを深くかぶり直し、赤井がうなずく。

それなのに赤井は水を堰き止める砂袋と木の板に手をかけ引っ張り上げた。ザバァッと大きな魚が水から上がったような音が出る。弱かった水路の水の流れに勢いがつく。

「ふんっ」と鼻から息を吐き赤井が砂袋を畔の上に落とすと、ツチガエルやバッタが抗議するかの如く草の陰からぴょこぴょこと飛び上がった。砂袋から流れた水がじわぁと土にしみていく。

葉っぱの茂るナス畑と違って、真夏の田んぼは日の光を遮るものがなくてとにかく暑い。水があるのに涼しさはまったく感じられず、日の光に負けて気化した水の泥くさい臭いが立ち上る。私と赤井はナスの肥料をまく作業をしていた作業着姿のままだったので、ことさらに暑い。

「あのー、赤井君、いいですよ、うちの田んぼのことは心配してくれなくても、……僕がうっかりしてたんが悪いんですし」

私と赤井がいる畔から数メートル離れたところ、水路を挟んだ公道の片隅で城山が泣きそうな顔をして言う。内股で腰を低くして、トイレに行きたいのを我慢しているような立ち姿だ。

赤井は城山には答えず、水路から田んぼに水を流し込む穴を板でふさいだ。入水が完全に遮られた田んぼの縁は静かになって、厚みを増した水路の流れにのって細い草の切れ端が舟のように走っていく。

「よし、これでいい。シロの田んぼに戻るぞ」

赤井は草舟について行くように、他人の畑の畔を歩いて緩い坂を下る。赤井が歩く畔と水路に沿った公道沿いに、私は速い歩調で続く。その後ろを追いかけるのは城山だ。

私たちは他人が田んぼに引き入れている最中の水路の水を勝手に止め、それを城山の田んぼに流すというマナー違反を犯している。

「あの、怒られませんか？　これ、やっぱり、駄目やと思います。戻しませんか？」

大きめの独り言くらいのボリュームで城山が繰り返し、水を止めた田んぼをおろおろと何度も振り返る。ベタなコメディの泥棒みたいでかえって怪しまれそうだ。いつもはハラハラさせられてばかりの赤井の背中を見ている方がよっぽど落ち着く。私だって城山と同じ、気が弱い人間のはずなのに。

普段の私は可燃ごみの袋にペットボトルを入れる程度の小さなルール違反さえ気が引けてできない小心者だ。どうも私は遠慮しない赤井に対応するうちに少し図太くなった気がする。

「赤井君、僕ら誰かに見られてへんかな」

「今の時間、外に出てる人はあんまりいないですよね、暑いから」

城山に答えて私は路地をのぞく。午後二時台という時間帯もあってか、住宅が並ぶ区画でも幸い人影を見ることはなかった。夏休み中の子供たちだって姿を見せない。暑すぎて蟬すら鳴かない。ずっと先の大通り、陽炎（かげろう）の中に車が動くのだけが見える。

水を止めた田んぼから離れ、犯行現場が見えなくなると私の罪悪感はすっかり薄くなった。

「あの田んぼは水が足りてましたよね」

赤井の斜め後ろから話しかける。

「田んぼの水はちゃんと量が調節できるようになってて、不要な分は排水路に流れていく。さっきの田んぼはもう水が足りてる状態だった。雨がないときだから必要以上に水を確保したくなる。シロの田んぼの水不足は深刻だ。土に酸素を送るために一旦水を抜くのはいいけど、また水を入れてやらなきゃ。穂が大きくなる今の時季はまだ水がねぇと米が太らなくてダメになる」

「水を抜いて酸素を入れるとどうなるんですか？」

「稲の根っこの張りがよくなる」

「そうなんですね」

「それにしたって、このままじゃ枯れるぞ。近いうちに雨の気配はないし。うちの倉庫から真ん前に見えるあいつの田んぼの稲がくたばってみろ、最低な景色になる。そんなもん見せられたら胸糞悪いぞ。水が欲しいのはみんな一緒だ。アホみたいに譲ってたら終わる。ここの水路の配水の順番の決め方は知らねぇけど、シロんとこみたいに明らかに水が足りてない田んぼには先に回してやってもいいだろ」

　赤井の言う、肝の太さは農家にも意外と重要なようだ。

「それにしても、さっきの田んぼの主にひと声かけてもよかったんじゃないですか？　電話とか」

「どうせシロは遠慮してうまく伝えられねぇだろ。あいつが話をつけるの待ってたら日が暮れる。俺はそんなのに付き合ってられん。それにな、万が一、水を止めたのがバレてもあの田んぼなら大丈夫なんだ。あの田んぼの主、吉田(よしだ)って言うんだけど、そいつに文句言われても大したことない」

「あの田んぼなら？　どうしてですか？」

速足で赤井の隣へ並ぶ。赤井は何も言わず口元に不敵な笑いをにじませ、私を見下ろしただけだった。

農業用の水路は目に見えるものの他に、地下に通る管を通って流れているものもある。どの水路を使うかは田んぼや畑ごとに決まっていて、だいたいひとつの水路を十軒ほどの農家で順番に分け合って使っているという。水が必要なときは川の水をためてある堰を開き、水路に十分な水を流す。配水方法は単純で、水を導き入れたい田んぼの入水口だけを開けて水路の水を集中して流し入れるようにすればいい。必要な分だけ入水したら自分の田んぼの水の入り口を締める。

赤井は城山の田んぼとは別の水路を使っている。赤井が使う水路の配水の順番取りは早い者勝ちで、農家がそれぞれ水を使いたい希望日時を申告して順に使っていくという。一日に一軒の農家が水を引けるのは二時間から最大四時間までと決まっているらしい。

「要領悪い奴は不便な時間、しかも飛び飛びにしか順番取れなかったりするんだよな」

まるで他人事といった口ぶりで、赤井はポケットに手を突っ込んだ。

できるだけ要領よく生きたいと思うけれど、その気持ちが人に知られるのは嫌らしい気がする。だから私は多めに遠慮したりして他人に気をつかっているふりをしてしまう。そのために最後に貧乏くじを引いて悔しい思いをすることなんてざらだ。おそらく赤井のような強い人には小心者の気持ちなどわかってもらえない。そんなことを赤井に話したら、きっと「バカじゃねぇの」と鼻で笑うだろう。けれど、私はそういう赤井が羨ましく、頼もしさを感じ始めている。

「ミノル、水は出たか」

赤井家の駐車場を越えたところで、公道より一段下がった畔に座る小さな体が見える。緑と黒のボーダーのTシャツ。赤井はその背中に向かって呼びかけた。

色白の丸い顔に茶色の縁のメガネをかけた子供が、公道にいる私たちをゆっくり見上げる。夏休みを祖父母の家で過ごしている城山の息子、十歳のミノルだ。赤井の声の大きさに怯えているのか、ミノルは脚を抱える腕に力をこめて身を縮めている。ミノルの尖った唇の先がひくひくと動いた。声は出なかったけれど返事をしたつもりなのかもしれない。赤井はそんなことを気にも留めぬ様子でミノルが座っている畔に下りた。

ミノルの答えなど聞かなくても見ればわかる。入水口がゴボゴボと音を立てて、乾いていた城山の田んぼに水を送り始めていた。土の亀裂に水が流れ込み茶色く濁っていく。

「赤井君、吉田さんは、水を止められたことに気ィつかはったら、僕のとこに怒ってきはりますよね、きっと」

城山はまだ田んぼに水が入ったことよりそっちの方が気になるらしい。

赤井はミノルと城山、両方の顔を順に見て、

「親子で暗いキャラか？」

と失礼なことを聞いた。

4

ナスの畑から帰って長袖のシャツを脱ぐと、きまって前腕と手の甲にチリチリとした微かな痛みを感じる。ナスの葉で少しかぶれているのかもしれない。けれど感じる痛みも赤みも日に日に軽くなっていくようだし、いつも洗い流して体を拭く頃には忘れてしまう。

私はぬるめに設定したシャワーを腕からゆっくりかけた。べたついた肌を塗り替えるように汗が流れ、はぁーっと長い息が漏れる。

いつも仕事終わりは赤井が先にシャワーを浴び、その後で私が浴室を使う。赤井の浴

室使用時間はとても短く、私が自分の着替えやタオルなどを用意している間に終わっている。私の順番が後なのは、湯船に湯を張ってゆっくりできるのでありがたい。赤井家の浴槽はシステムキッチンと同時に入れたという新しいもので、ヘッドレスト付きで体を伸ばして湯に浸かれるラグジュアリーな代物だ。

ところが今日は、シャワーの前に探しておきたいものがあるとかで、先に風呂に入るよう赤井に言われた。

探し物とはなんだろう。すぐに見つかりそうにないものか。

汗と泥にまみれたシャツを着たままの赤井をあまり待たせるのも悪い。気が気でなくて私は湯船に浸かるのをあきらめた。いつもより簡単に髪と体を洗ってシャワーで流し、脱衣所に出る。

窓辺に置かれた小さな置時計が時限爆弾みたいにカチカチと耳障りな音を出して秒針を動かしていた。

干上がりかけていた城山の田んぼには水が行きわたっただろうか。水を引き入れてから二時間は経つ。田んぼに置き去りにされた城山親子は、頃合いを見計らって吉田の田んぼの入水を再開しておくというミッションを赤井から与えられていた。「え？　僕が？」と情けなく崩れた城山の表情が忘れられない。

赤井に声をかけられた城山は、草刈り機を抱えてわざわざ赤井の駐車場まで走ってきた。仕事を辞めて実家に戻ってきたことと挨拶が遅れたことを、頭を下げて申し訳なさそうに繰り返した。

背丈は赤井とそんなに変わらないのに、いつも謝っているような猫背のせいで視線が少し低くなる。白い長袖のポロシャツの胸のボタンをきっちり上までしめ、遠目で見た印象どおり真面目そうな男だった。胸のポケットから名刺ケースでも出てきそうだ。

「僕、本格的に家を継ごうと思ってるんや。五年生の息子が……」

ここまで城山が言ったところで、赤井が「お前、田んぼ枯らすつもりか？」とさえぎった。

「あ」と気まずそうな顔をしたのは、城山も水不足を気にしていたからだろう。

「水の順番を取ってこい。親から教わってんだろうが、そんなことくらい。いい加減な気持ちじゃ農業なんてできねぇぞ」

赤井が説教を始め、「あ、うん……予約がつまっててなかなか」と城山がしどろもどろになってうつむいた。

「今すぐ組の誰かに頼んで配水の順番回してもらってこい。順番取れたら俺に報告しろ」

赤井の怒鳴り声に城山は気をつけの姿勢で固まっていた。

なぜ突然農業をすることにしたのか。大阪の家族をどうするつもりなのか。たぶん城山は挨拶がてら赤井に話すつもりだっただろうに。赤井は城山のことなど興味がない。というか、ほとんどの人間に対して興味がないのではないか。私のことについても、赤井から直接聞かれたことは何もなかった。両親は健在なのか、どこに住んでいるのか、兄弟はいるのか、そういう質問は幸太郎からしか出てこない。

誰がどういうルーツで成り立ち、どんなことを考え生きているかなんて、赤井にはどうでもいいことなのだと思う。

城山の方は赤井のそばにいる私の存在が気になったようで、こっそりと「赤井君の奥さん？」なんて聞いてきた。私が慌てて手伝いの者だと否定すると、「ああ、そうやんね、まだ若いもんね」と眼鏡の奥の二重の目を細めた。優しい目だと思った。顔のパーツ一つ一つをよく見れば整っていて、疲れて澱んだ空気さえまとってなければ魅力ある人なのではないか。何が城山から輝きを失わせてしまったのだろう。

午後にナスの畑で赤井と私が肥料をまく作業の片づけをしていたら、律義に城山がやって来た。城山の後ろでミノルがカエルを追っていた。水の順番が取れたという報告だったが、一番早くて明後日の朝五時だと言う。

「明後日？　アホか」

赤井は横目で城山を見て、「今どこの田んぼが水入れてるか見てこい」と命令した。

それで吉田という人の田んぼの水を無断で止めることになったわけだ。

5

Tシャツとジーンズに着替えた私は、浴室を使い終わったことを伝えるために赤井を探す。一階のリビングのソファには幸太郎がいびきをかいて昼寝していた。リビングにつながるキッチンにも姿がないとなると、赤井は二階にいるのだろう。

「赤井さーん」

隠れた猫を探すように呼びかけて階段を上る。途中に赤井の丸まった靴下が片方、階段を上がり切ったところに赤井が着ていたカーゴパンツと長袖Tシャツが裏返しに脱ぎ捨ててある。

さすがに汗まみれのままではいられなくて、シャワーの前に着替えたのだろう。

「赤井さーん、お風呂お先でした」

濡れた髪をタオルで拭きながら、階段に一番近い八畳間の襖に向かって叫ぶ。赤井は主にこの部屋を使っている。襖の前に靴下のもう片方が落ちていた。赤井の返事は来ない。すべての部屋がつながっているとはいえ、それぞれの部屋の襖が閉じていれば声が届きにくい。西側の廊下をまっすぐ進み、納戸の手前の六畳間に向かう。私が借りている部屋だ。襖を開けると、心地いい温度に部屋が冷えていた。

二階には八畳から三畳まで大きさがまちまちな部屋が全部で六つあるが、エアコンは二台しかない。私がいる部屋の隣に一台と階段横の八畳間の壁に一台で、一台作動させれば欄間の隙間から涼しい風が通って隣り合う部屋も涼しくなる。

「赤井さん、隣にいるんですか？」

「あ？　なんだお前もう出てきたのか」

ガサガサと物音と一緒に赤井の不満げな声がする。気をつかって急いで出てきたのに、損をした気分だ。

「探し物、まだ見つからないんですか？」

「あー」

「手伝いましょうか」

「いや、いい……」という返事を聞くより先に、私は襖を開けてしまった。

六畳間の畳の上にいくつかダンボール箱が並んでいる。それぞれの箱は空ではなく中身がしっかり詰まっているようだ。

肝心の赤井はというと……。

部屋を見渡した私の目に飛び込んできたのは、押し入れから突き出した青いボクサーパンツのお尻だった。

「いいって言ってんだろうが。出とけ」

古めかしいダンボール箱を膝つきで引っ張り出して、赤井がようやく顔を見せた。不機嫌そうに眉間にしわを寄せている。上半身は裸で身につけているのはボクサーパンツ一枚だった。慣れはしないが、初日から度々見せられている姿なので、キャーッと叫ぶほどの新鮮さはない。本当に私はいろいろな意味で図太くなった。

「なんで裸のままなんですか」

冷静を装って問う。

「ベタベタだったから、汗で。さっきまでめちゃくちゃ暑かったし。エアコン効いてきてやっと汗がひいた」

赤井は自分の胸元に目を落とす。ひいたと言っても、赤井の肌は貼りついた汗でテカテカ光っている。日に焼けてもいるが、赤井はもともと色が黒いようだ。胸と首の肌の色はさほど違わない。

「いいから、青モモは向こう行って昼寝でもしてろ」

「隣でゴソゴソされたら落ち着かないです」

パンツ一丁の赤井からなるべく目を逸らそうと自分の近くにあった箱の中をのぞく。古いナスの出荷用のダンボール箱だ。浮いた上面のフラップの間から布張りの重厚そうな本の表紙が見える。

「あ、これ、もしかして卒業アルバム？　赤井さんの？　いつのですか？　高校？　中学？」

アルバムを引っ張り出そうと箱の中にさし入れた私の両手の上から、赤井が箱の蓋を押さえる。

「プライバシー侵害」

「ちょっとくらい見せてくださいよ」

「ダメだ」

「なんでです？　あ、変な顔に写ってるとか？　っていっても、どうせ写真目立ってるんでしょ。赤井さん、顔だけはいいんですから」

摑んだ卒業アルバムから手を離さずに、箱を挟んで向き合う赤井の顔を睨む。

「ふーん」

顎を上げ赤井が何やら意味ありげな表情を作る。怯むまいとムキになって、私はアルバムを握った。赤井が箱の上に身を乗り出して、私の手を挟んだまま箱の蓋を押さえ体重をかけてくる。押しつぶされる手が痛い。「やめて、やめて」と首を振る。さらに赤井が前傾して、肌から体温が感じられるほど近づいた。自分のものとは違う汗の臭い、他人の、しかも男の人の臭いをこんなに近くで嗅いだことはない。

「顔だけじゃなく、体もわりといいだろ」

息と一緒に赤井の声が耳をくすぐる。

「ひぃっ」

慌てて手をアルバムから離して後ろへ転び尻もちをつく。その隙に赤井がガムテープで箱に蓋をしてしまった。

「勝手に開けたら怒るぞ」

赤井は押し入れから出した箱を次々ガムテープで留めていく。

「そこまでしなくても……探しづらくなるじゃないですか」

「探してた物はもう見つかった」

「何を探してたんですか？」

「写真だ、写真」

安っぽいプラスチック製の黄色いポケットアルバムの表紙を見せられる。赤井は黄色いポケットアルバムを私の前に投げて、封をしたダンボール箱を押し入れにしまっていく。

目の前のポケットアルバムを手に取っていいものか悩んで、私は体操座りしたままそれを眺めた。赤井は出ていた箱をすべて押し入れに納め直し扉を閉める。出し入れした箱から落ちたと思われるホコリがちらほら畳に落ちていた。六畳の部屋は物がなくなって広くなったように感じる。そして、裸の赤井の存在感が増した。長い腕が伸びてきて、私はびくりと身を縮める。赤井は私ではなく私のそばにあるポケットアルバムを拾う。

「アルバムを開かずじっと待ってたな。ちゃんとお預けができるじゃねぇか。青モモのそういう真面目なとこ、なかなかいいぞ」

「だって、開けたら怒るんですよね」

「これは、別にいい」

赤井が私の向かいに胡坐をかいて黄色い表紙を開けた。私は身を起こして赤井の隣まで立ち膝で移動する。近づくのもどうかと思ったが、正面にいられると目のやり場に困るのだ。

「なんですか、これ。野菜？」

面白くもなんともない、ただの野菜畑の写真に見えた。素人にはなんの野菜が植えられているのかわからないくらいまだ苗が小さい。

「これとこれ……それから、これがわかりやすいか」

赤井がアルバムから選び出した写真は畑よりも隣の家のガレージの方が大きく写っている。

「何が撮りたかったんですか、これ。だいたいいつの写真です？」

「中学三年……いや、二年か。秋だったな。買ってもらったカメラがうれしくて、なんか撮りたかったんだが、撮りたいものが特に浮かばなくて、近所をウロウロしてたらたまたまこれが撮れた」

「はぁ」

私にはこの写真のどこに注目すればいいのかわからなかった。赤井の指が写真を指さす。

「これ、どこだかわからないか？」

「この畑？　私も知ってるところですか？」

「ああ。今の時季は田んぼになってる」

「田んぼ……」

あ、と赤井の横顔に目を移す。

「これ、さっき水を止めさせてもらった……」

畑の周りの民家の屋根の形が、先ほど吉田の田んぼから見た風景に重なる。しかしこの写真がなんだというのか。さっぱりわからない。

「吉田のおっさんが文句言いに来たらこれを見せる。そしたら文句言えないはずだ」

「どうして？」

「ふふん。まぁ、おっさんが来たら説明してやるよ。俺は風呂に行ってくる」

赤井はポケットアルバムから取り出した写真をアルバムの表紙の内側に挟み直して立ち上がった。吊り下げ電気のカサが赤井の頭に当たって揺れる。

写真の秘密はなんなのか。

けれど、私はそんなこと以上に赤井の隠した箱の中身の方が気になっていた。

卒業アルバムくらいちょっと見せてくれてもいいのに。

きっとその頃の赤井は美少年だっただろう。制服はブレザーだろうか。何かの部活に所属していたのか。私は赤井が今の赤井になるまでの成長の過程に興味がある。どんなことを考え、どんなものを見て、赤井は赤井になってきたのか知りたいと思う。赤井は私に対してそういうことを思わないのだろうけれど。

ピタリと締められた押し入れの引き戸を盗み見る。

「青モモ、もうこの部屋入るな」

「ここに入らないとエアコンがつけられないんですけど？」

私はため息をつき、濡れた髪をまとめながら腰を上げる。

「じゃあ、押し入れは開けるな。絶対」

押し入れの両方の引手部分を赤井はガムテープで留めてしまった。そこまでするかと呆れ、目の奥がジンと痛んだ。

「開けませんよ。ダメだって言われたことはしません、私は」

勝手に人の押し入れを探るようなことはしない。そんなことを疑われることが悔しい。

フイと赤井から顔を背け、自分の部屋の襖を開ける。

「私はそんなことしませんっ」

低い声で言いおいて自分の部屋に入り、ピシャリと音を立てて勢いよく襖を締めた。

「何イラついてんだ、バカ」

襖の向こうから赤井が聞いてくる。

「早くシャワー行ってください。汗臭い。バカ」

反射的に襖を裏拳で叩いてしまった。

何イラついてるんだ、私。

自分でもわからなかった。

6

午後八時前、玄関チャイムが鳴った。赤井がオーブンから料理を出しているところだったので、私が代わりに客の出迎えに向かう。廊下を速足で歩きながら「はーい」と声を出すと、慣れた調子で玄関の引き戸が向こう側から開けられた。

「こんばんは」と敷居をまたぐのは駅前で野菜カフェレギュームを営む太一とその妻、姫子(ひめこ)だ。すらりとした長身の姫子に鮮やかなオレンジのシャツワンピースが映える。熊のような風貌の太一と並べば美女と野獣の実写のような夫婦だ。太一は赤井と同級生で姫子はそれよりちょうど十歳年上だと聞いている。とはいえ、姫子は若々しく、髯が濃い太一が年齢よりも老けて見えるので、ふたりに十年もの年齢差があるようには感じられない。

「城山さんはもう飲んではる？」

玄関土間に並ぶエナメルコーティングの青い子供用スニーカーと大人の革靴を見て、

太一が声のボリュームを少し落として聞いてくる。

「はい、三十分くらい前から。自家製の果実酒をたくさん持ってきてくださって」

私は答えながら太一と姫子にスリッパを勧めた。

「酒？」と太一と姫子が顔を合わせ、「あ、おじいちゃん好きやもんね」とうなずき合う。

「昼間の水路の話、大変やったね。さっき電話で赤井から聞いた」

「赤井君めちゃくちゃするからね。周りが大変。赤井君のとこで住み込みなんて、モモちゃんはほんま、ようやるわ」

姫子が手土産の紙袋を差し出してくる。中身はカフェで売れ残ったデザートだ。礼を言って受け取る。ナスの買いつけに来る姫子から度々もらう紙袋。これは主に私がいただく。

「それにしても、赤井が俺ら以外に客を呼ぶなんて珍しいな」

夫婦はふたりそろって私の顔を見てくる。何がしか理由があるに違いないと探るような目だ。回答を求められても困る。私だって赤井の考えていることはわからない。私は軽く首をかしげて見せ、ふたりの前に立って廊下の奥へ誘導する。

城山親子を家へ上げたのは赤井だった。

城山は首尾よく水路の水を戻せたらしく、米を無駄にせずに済んだと赤井に礼を言いに来た。手作りの果実酒などを置いて帰ろうとする城山を、赤井が半ば強引に引き留めた。太一も呼ぶから一緒に飯を食って行けと言って。

　太一の実家は土地を売って引っ越しているが、以前はこの辺りで農業をしていた。太一が一年生のときに城山が六年生で、太一は城山に手を引いてもらって登校していたらしい。共通の知り合いとして赤井は太一に声をかけたのだろう。

　昼間の卒業アルバムの一件から私はほとんど赤井と口をきいていなかった。赤井に信じてもらえてないと感じたことが思った以上に響いていた。私の中に得体のしれない苛立ちがくすぶっている。そんな私の気持ちなどまったく気にせず、赤井がいつもの調子で話しかけてきたのも気に入らない。私なりに怒っているという態度を表して、赤井に近づかれると顔を背け、幸太郎と言葉を交わす。一緒にキッチンに立っていても赤井が傍に立てば離れて無言で作業をした。そこまでしたのだから、さすがに赤井も私の様子に異常を感じたはずだ。それで客を寄せて私との間の不穏な空気を紛らわせようとしたのだと思う。いや、そうでなければ困る。これだけこちらが子供じみたアピールをしているのに、赤井が何も感じていなかったとしたら。そう考えると深いため息が出る。赤井だって少しは気をつかうということを覚えたらいい。

　太一と姫子をリビングダイニングに通したとき、赤井はそこに続くキッチンで野菜のマリネを皿に盛っていた。声を出さずに「おう」と唇を動かした赤井はホッとして表情を緩めたように見えた。

赤井家の広いリビングダイニングは十畳の和室を二間続けたもので、畳の上にカーペット敷きになっている。ソファはL字形のゆったりとした六人掛けだ。コーナーのところに幸太郎が座って、L字の長い方の座面に城山とミノルが遠慮がちに浅く腰かけている。ローテーブルには赤井の作った料理の他に、城山手製のゴーヤ酒やらトマト酒、幸太郎が持ち出したワインや日本酒など酒の入ったグラスがたくさん並んでいた。

太一と姫子が幸太郎たちに挨拶しながら短い方のソファにつく様子を眺め、私は姫子から預かったデザートをキッチンの冷蔵庫にしまう。

幸太郎と城山がワインを飲んでいるので、私は水屋から太一と姫子のワイングラスを出した。

背後から赤井が「青モモ」と呼びかけたのには聞こえないふりをする。

大皿の料理をリビングの方へ運ぶ赤井の姿を横目で見て、それを運べと言いたかったのだろうと推測した。

意地が悪い自分に心がきしむ。

けれど、悪かったと思うならその気持ちを伝えてきてほしい。なぜ私が気分を害したのか理由がわからないならば、それを聞いてくるくらいできるだろう。人間関係というのはそうして相手の考えていることを推し量り、すり寄せ合って育てていくもののはずだ。

ふとグラスを持つ手を止める。

私はいったい赤井とどんな人間関係を育てていきたいと思っているのか。

「モモちゃん、何か手伝う？」

リビングのソファの背もたれから姫子が顔を出す。

「あ、いえ、もうグラス運ぶだけです、姫子さんワインでいいですか？」

私がワイングラスを掲げてみせると、姫子は握った拳の親指を上に向けた。赤井はキッチンで飲んでいた炭酸水のタンブラーグラスを自分でリビングのローテーブルに持って行った。ミノルのオレンジジュースの近くにそれを並べている。

そういえば、赤井家に来てお酒を飲む機会は今までになかった。いつも幸太郎がひとりでちびちびと冷酒を飲んでいる。赤井はお酒を飲まないのだろうか。

私は二十年の人生で数回甘いチューハイを口にしたことがあるぐらいで、お酒に強い体質なのか否かもわからない。迷いながら、私は自分と赤井の分のワイングラスも盆に載せて運ぶことにした。

7

私と赤井はそれぞれスツールに座ってローテーブルに向かっている。私は太一夫妻に寄って、不自然ではない程度に赤井との間を空けた。

「秋のランチメニューにこのナスのムサカは良さそうやね」

姫子が手に持った小皿をフォークで示す。

ムサカはギリシャ料理で野菜とひき肉の重ね焼きだ。白いベシャメルソースとミートソースを使っていて、パスタが入っていないラザニアのように見える。赤井が作ったムサカには揚げたナスが使われていた。

「まだまだナスの季節は続くな」

太一も大皿からムサカを自分の小皿によそって言う。

「これからのナスは皮が硬くなるから、油を吸わしたり、皮を剝くような料理で工夫しろよ」

赤井がアドバイスした。

なぜ皮が硬くなるのかを聞きたいと思いながら赤井に話しかけるのを躊躇していると、

姫子が「なんで？」とそれを質問してくれた。季節が進んで涼しくなると、ナスは子孫を残す本能を働かせて中の種を守ろうとして皮を硬くするらしい。

「秋になると柔らかいハウス物もボチボチ出てきて、うちみたいな露地物はどんどん値段が下がる。そやけど、十月中頃までナスの作業は続く。稲刈りと並行して作業していくんや」

幸太郎が冷酒のグラスに口を寄せて言う。

「こっちの、きんぴらに入ってるこの緑は何？」

姫子が深皿を取り上げた。

「それはうちのサツマイモです。芋の茎」

城山が小さく手を上げてはにかむ。

「え？　芋の？」

手に持った皿に顔を近づけ姫子が目を凝らす。

きんぴらのゴボウと人参に混じってサツマイモの茎が入っているのだ。そして、野菜の天ぷらの皿にはサツマイモの葉もある。赤井が城山に持って来させ、さっと料理した。

城山の家は米の収穫の後にはサツマイモ農園の作業が中心になるという。

サツマイモの茎や葉がスーパーに置かれているのを見たことがなかったし、食べられるものだとは知らなかった。これがどの部分にもサツマイモ特有の甘みが感じられて美味しい。きんぴらの茎は歯ごたえがいい塩梅に利いている。

「農家らしい料理やね」と農家らしくない城山が言う。

「これ、ランチの小鉢で出してみても面白いかも」

姫子は赤い革のショルダーバッグから手帳を取り出す。

「薄皮を剝いて、ちゃんとあく抜きして使えよ」

「皮と……あく抜きね、なるほど。芋の茎は城山さんのところで買わせてもらえます？」

赤井のアドバイスを手帳に書きつけ、姫子は城山に聞く。

「そんなんは差し上げますよ。どうせツル返しのとき切るもんやから」

「ツル返しってなんですか？」

私が質問すると、「ツルから発生した余分な根っこを切るんだ」と赤井が答えた。城山に聞いたのに。こうしてみんなで話している間に私の不機嫌をうやむやにされそうだ。

「へえ」と返事するのを姫子に任せて、私は人生初の赤ワインを口にした。意外に香りが甘くて口当たりが柔らかだ。最後に舌に残る渋みも渋すぎず、悪くない。喉から温かくなっていく。

「余分なツルから根が生えると余分なイモに養分を取られるから、度々ツル返しをしなきゃいけないんだ」

「そう、そう」と赤井の説明に城山はうなずいている。

「ほな、城山さんは秋までご実家で農業するんですか？」

　太一が少し身を前にかがめて城山を見る。

「ああ、ええと……実は、これからしばらく大阪に家族を残して、僕だけこっちに戻ろうと思ってて」

　幸太郎に赤ワインを注ぎ足されるのを丁寧に受けて、城山は続ける。

「実家の敷地にある離れの家を放っておくと傷む一方やし、親も去年病気して弱気になってることもあって。今はまだ大丈夫やけど、そろそろ戻って農業を手伝うのもええかなと」

　お酒を飲むと饒舌（じょうぜつ）になる性分らしく、城山の口調は昼間よりもだいぶ明るい。

「何が『ええかな』だ。稲を枯らしそうになったくせに」

　赤井が文句をつける。

「ごめん、赤井君。これからはちゃんとする」

「そやけど、仕事辞めてよかったんですか？　奥さんは反対しませんでした？」

太一が姫子の取り皿にサツマイモの葉の天ぷらを取ってやりながら城山に問う。

「嫁は僕より稼いでるくらいやから、僕が会社を辞めるのはまったく問題ない。両親も、体調が悪い言うても、まだまだ寝込むほどやないし……。恥ずかしいんやけど、問題は僕自身にある。いつの頃か電車に乗ると酔うようになって、会社に行きにくくなってた」

「電車を使わない方法考えりゃいいじゃねえか」

赤井はレンコンのマリネを頬張って言う。

「バスに乗っても、自分で車を運転するのも同じようにあかん。家は嫁の勤め先の近くで……買ったばかりのマンションやし、引っ越すにしてもなかなかすぐには……。ますます困ったと思っとったら、今度はマンションの高層階にある家に帰るのが苦痛になって。地上から自分の住んでる高さ辺りを見上げるだけで冷や汗が出る。とうとう先月、大阪の北浜から歩いてここまで帰ってきてしもた」

「高いとこがダメってことか？　なんでそんな家……」

「最初は高所恐怖症やなかったんでしょう」

姫子が赤井を制して城山の話を続けるように促す。

城山の悩みは赤井にもっとも相談できない案件だと言える。

「ええ、もちろん、高いところも乗り物も前はなんともなかった。部署が変わってからどうもあかんのです。ミノルは来年中学受験やし、落ち着いた環境にしてやりたい。僕がしっかりせなあかんと思えば思うほどに症状がひどくなる。父親がこれでは悪いなぁと思うんやけど」

「……僕は、京都の学校でもええ」

ミノルがここへ来て初めて声を発した。

「ごめんなぁ、ミノル。ミノルはこっちで暮らしてもいいと言うてくれて。嫁はまだ納得してはないんやけど。ミノルの目標になるような、行きたい学校がこっちにあれば引っ越すのもええと言うと思うんです。そやから明日、京都市内で開かれる私立中学の合同学校説明会にふたりで行ってみることにします」

「電車で？」

太一と姫子がそろって心配そうに城山の顔を見る。

「うん、まぁ、ここから京都市内やったら電車に乗る時間ゆうても、しれとるし。それくらいは頑張らんとね、親やし」

そう言って城山は赤ワインを口に含んだ。

「お前がしたいのは引っ越し？　受験？」

赤井がミノルに箸の先を向ける。ミノルはエリンギの天ぷらを挟んでいた箸を置き、もじもじと下を向く。私はそっと赤井の箸を下ろさせた。

「ミノルには……、公立も私立も含めて、学校は、……選べる道は、たくさんあるんやでって、それを知ってほしくて受験の話をしたんや、僕が」

ミノルに代わって城山が答える。

「今の学校が……嫌やから。友達もおらんし……」ミノルが口をもごもごと動かし、か細い声をもらす。「僕のこと、け、蹴ってくる人とか、……怒鳴ってくる、人とか、……おる。……から、そいつらを見返したい。……逃げるんやなくて」

最後の方は周りの大人全員がミノルの声を拾おうと耳をそばだててやっと聞こえるような音量だった。たぶん、耳が遠くなっている幸太郎などは隣にいてもはっきり聞こえていないと思う。ミノルが子供の群れの中で居づらい思いをしていることは容易に想像できた。

「暗いからいじめられてんだな」

赤井は子供にも容赦ない。

「これ」と幸太郎が右手を伸ばし赤井の膝頭を叩く。

「もっと堂々としてろ。お前がはっきり言わねぇからダメなんだ、自分の考えってもんを。そうじゃなきゃ同じだぞ、どこへ行っても」

赤井の人差し指がいっそうミノルを責める。

「……言いたいけど」

「けどなんだ」

「けど、無理……やから、僕には」

「お前のそういう弱っちい態度が舐められるんだよ。俺だってイラつく。お前ら親子でうじうじし過ぎ」

赤井が無遠慮に言い放つ。メガネの下のミノルの目にじわじわと涙がたまる。

「こら、赤井」と太一が注意したとき、私は思い切り赤井の足を踏んでいた。赤ワインのおかげで私の体は火照っていて、赤井のおかげで頭までカッと熱くなった。

「何すんだ、青モモ」

「なんで赤井さんはそうなんですか？　もう少し人の気持ちを考えたらどうなんですか。赤井さんだって、学校とか、人の集まるところで居心地悪さを感じて苦しんでたことがあったんでしょう、だったら……」

できる限り非難を込めて赤井を見る。ところが赤井は顎を私に向けて、「は？」と首をかしげた。

「赤井さん、言ってたでしょ？　どこにいても居心地悪かったって……他人と居づらかったから料理とか野菜作りにはまったんでしょ？　……そう言ってましたよね？」

赤井が不思議そうに見返してくるので、強く出ていた私の勢いはしぼんでいく。

「バカか、お前」

「すぐに人のことバカって言わないでください」

「赤井……、モモちゃんも落ち着いてな」と太一が割って入ろうとする。

赤井はスツールに深く座り直しエラそうに脚を組む。

「居心地悪いってのは、周辺の人間がああしろこうしろ俺に指図するからだ。どこ行っても周りを見て合わせろとうるさく言ってくる、それが面倒なだけ。だからと言って、そんなもんが苦しいなんて思ったことはねぇな。苦しいなんて思うのは、他人によく思われたいとか考えて、そこで自分を曲げようとするからだろうが。それが相手にうまく伝わらないと、こんなに気をつかってやってるのにってさらに苦しくなる。他人が腹でどんなこと考えてるかなんて本当は誰もわかんねぇ。無駄なこと考えるから悩むんだ」

「最初から人の気持ちをわかろうとしないような人は黙っててっ」

私は立ち上がって赤井を見下ろす位置から叫ぶ。

他人からどう見られるのかを気にしないのと、自分の発言を人がどう思うのかを考えるのは別だ。

「そうやで、赤井君、あんたはちょっと黙っとき」

赤井が私に反論するより先に姫子が応戦してくれる。赤井は顎を高く上げ、閉じた口をゆがませた。

「ミノル君は暗いんちゃう、おとなしいんや」

姫子が優しく微笑みミノルの方を見る。城山がミノルの後頭部を撫でた。ミノルの目からこぼれた大粒の涙がメガネのレンズを濡らし、小さな膝に落ちる。

「すぐ泣くな」

赤井は面白くなさそうに目の前のグラスを取って、透明な液体を口にした。瞬間、ブッと口からそれを吹き出す。向かいに座っていた城山が噴射を受けて「うわっ」と飛び上がる。

「何してんねん」

幸太郎と太一が同時に叫んだ。

ミノルは涙で縁取られた目をキョトンとさせて、赤井がゲホゲホと咳き込み顔を腕でぬぐっているのを見ている。

「あーあ、汚い。赤井君の前にある料理、アウトちゃう?」

姫子が料理に赤井の吐き出したものがかかってないかを確認し始めた。私は慌ててキッチンから布巾とティッシュボックスを取って戻る。部屋の隅からゴミ箱を引き寄せ、太一がテーブルの天板に飛び散った汚れをティッシュで拭きとった。幸太郎と城山は使っていないグラスをローテーブルの端に固める。

「ミノル君お皿汚れへんかった？」

姫子が聞くと、ミノルが「自分のお皿だけ持って避けた」と申し訳なさそうに皿を見せた。「そら、よかった」「自分のもんが守れたらそれでええんやで」と大人たちが笑い、ミノルも照れくさそうに首をすくめた。

「赤井、お前、ほんま気ィつけぇや」

太一はいろいろな意味を含めて釘をさす。

「らって、まずい……、なんら、これ」

そう言う赤井までなぜか涙目だった。

「ああ、赤井君、僕のゴーヤ酒飲んでしもたんや。ごめん、これ、漬けてるゴーヤを取り出して、後二か月くらい寝かしとかなあかんねんて。今、幸太郎さんに教えてもらったとこ。……苦いやろ？」

飛沫が飛んだメガネを取ってティッシュで顔を拭きながら、城山がすまなさそうに言う。

「え？　それ、水やなくてお酒なん？」

姫子が顔をこわばらせた。太一が「あちゃあ、酒か」とソファの背もたれに倒れる。

「え？　……もしかして、赤井さんてお酒ダメなんですか？」

幸太郎と太一、姫子、順に視線を送っていると、赤井の大きな手が私の肩を摑んできた。

8

あれは夢の中の出来事だったのかなと思う。

いやいや。私は額を押さえて小さく首を横に振る。昨夜遅く自分の部屋の布団に入ったが、私は夢を見るほども寝ていない。

夜が明けたばかりの薄暗い家の中を静かに歩き、昨日賑わっていたリビングダイニングの扉を開ける。エアコンの涼しい空気が廊下に流れ出た。

ローテーブルやダイニングテーブルの上は昨夜のうちに片づけてある。太一と姫子が帰る前に、一緒にゴミをまとめたり洗い物をしてくれた。食洗器の中に洗い上がった食器がいつもよりもたくさん入っていること以外に、この場がいつもとそれほど変わった様子はない。ただ、締め切った部屋の空気が、食べ物と人、それからいく種類もの酒の混じった独特の残り香を含んでいて、現実から切り離せない夢のように私にまとわりつく。

夜中のうちに幸太郎は自分の部屋に戻ったらしく、リビングダイニングの絨毯（じゅうたん）の上に赤井だけが昨夜と変わらず大の字に倒れていた。

赤井があああいう酔っ払いになるとは。

「うう」と呻き、赤井が腹回りに巻きついているタオルケットを引っ張り上げて体を横に向ける。冬眠していた熊が起き上がってくるような恐怖を感じ、私は慌てて後ずさりした。

赤井はゴーヤ酒の後、口直しにとワインや日本酒を続けて飲んだ。

「青モモ、野菜はいいだろ？　人間みたいにうっとうしくない。ナスは特に、素直な野菜。そこが俺は好き。そりゃ、他の夏野菜も面倒見てやれる余裕がありゃ全部やる。いい加減な育て方になるなら俺は嫌だ。そんならやんない方がいい。野菜がかわいそうじゃん？　育てるときは真剣じゃねーと。だから、うちは夏にナス。お、そうだ、ナスの花ってさ、雄しべと雌しべが一つの花になってるって知ったか？　それで実が生る確率高いんだ。親の意見とナスビの花は千にひとつも仇はないってね。あれは、ナスの無駄のなさを言ってる。ナスには栄養がないとか言う奴がいるけどさ、ナスにはナスニンっつってな……」

酔っ払いの赤井は野菜の話を機嫌よく話し続けた。ふたつのスツールをぴたりと寄せられ、私はずっと赤井につき合わされた。離れようにも肩に置かれた手が許してくれない。

ミノルと城山はしばらくポカンとして饒舌な赤井を眺めていたが、「明日は午前中から出かけるので」と十時前には帰って行った。幸太郎は長く座っていると腰が痛くなると言い、城山親子が座っていたソファの全面を使って横になりすぐに眠りに落ちた。

赤井はナスからキュウリ、トマトにオクラ……さまざまな野菜の栽培や料理方法など幅広く語り、野菜それぞれに適した土壌の酸度などの細かい値まで言ってくる。相槌を打たないと、「なぁ、青モモ?」と反応を確認してくるので、その度私は「聞いてますよ」とうなずく。すると、赤井は普段の仏頂面からは考えられないほどの満面の笑みを無邪気に返してくる。

酒を飲むとトラになるとはよく聞くが、赤井の場合は猫だった。

「こうなるんや、酒飲むと。野菜の蘊蓄を嫌っちゅう程聞かされて、やたら甘えられる」

太一がぼそりとこぼす。

「あの程度のお酒で？」

私は眉をひそめる。これならよっぽど私の方が強い。

「俺の話、聞いてるか？　青モモ」と赤井が私の頭に自分の頭をこすりつけてくる。

「おかしいですよ、赤井さん」

「なぁ、俺まだ臭い？」

「は？」

「汗臭いから俺のこと避けてんだろ？」

ああ、そういうことか。私の機嫌の悪さをそういう風に受け取っていたのか、この人は。がっかりして体の力が抜けそうになる。

太一が私と赤井を引き離そうとすると、赤井が太一の手を叩いて拒否した。太一は意外そうに眉を上げ、自分の頬の髯を撫でる。

「赤井は酒を一口飲んだらもう記憶もおかしくなるらしい。そやから赤井自身なるべく飲まんようにしてる。こうなってしもたときは、今のモモちゃんの役割をだいたい俺がやってたんやけどね」

「そうやねんで。酔っ払いの赤井君はいつも私と太一の間に入って、太一を独り占めしようとすんねん」と姫子が笑う。

「他人との距離の取り方がよくわからへんのやろな、赤井は。外国から来た転校生やし目立ったっていうのもあったけど、中学のときから変わり者で有名やった。見た目がきれいなのに残念な奴やって、知り合う前から赤井の名前はよく聞いた。まぁ、理解されにくいのもわかるやん？」

太一は中学生の赤井を知っている。なぜあんなに卒業アルバムを見せたくないのかも知っているのだろうか。

「太一、要らん事言うな」

太一を見る赤井の目が据わっている。

「わかった、わかった。黒歴史は黙っとく」

「え？　何なん？　赤井君、中学時代に何かあったん？」

姫子がワクワクした様子で太一の腕を摑む。私も膝頭を太一に向ける。

「いや、ちょっとな。誤解やったんやけど、変な噂が流れて……まぁ誰でも思い出したくないことってあるやん？　こんな赤井にもそういうのがあるっちゅうこっちゃ」

太一が濁して、赤井がようやく太一から目を放す。

「そやけど赤井、ほんまは甘えたなんかもしれん。これが赤井の素やったりしてな」

付け加えられて、赤井の眉間にまた深いしわが寄った。

これが素？

もたれかかる赤井の体が重い。

「こんなにベタベタしといて、明日の朝には覚えてないねん、赤井君。ほんで一丁前に、二日酔いの頭痛に襲われる。頭痛い言うてうるさいから、覚悟しときや、モモちゃん」

頭を抱える真似をして姫子が脅かす。

「うるさい、太一もおばちゃんも」

「『おばちゃん』って言うな」

太一と姫子が声を合わせる。

「お前らこそ俺の前で俺の悪口言うな」

まるで子供だ。だけど私のことを離そうとしない赤井が、母親にまとわりつく幼い子供のようで少しかわいい。

「はいはい。私らはそろそろお皿片づけていくわ」

姫子と太一がローテーブルの上の皿を重ね始めた。

「私も片づけます」

スツールから腰を浮かせると赤井に手を握られる。すごい至近距離に赤井の顔があった。高い鼻先が私の頬に触れそうだ。長い睫毛が揺れる。赤井からほのかにアルコールの臭いがした。

「なんですか」

私は目いっぱい体をそらせて赤井と距離を取る。

「お前、もしかして怒ってんの？」

「え、ええ」

どうにか少しは私の怒りが赤井に伝わっていたようで、ふと気持ちが凪いだ。

「なんで？」

「え……」

赤井がさらに身を乗り出して私に顔を近づける。唇が触れるかというところで、赤井の体は急に後ろへゆっくり倒れていった。そして、赤井はドサッと音を立ててスツールから落ちた。

「それはあかん」

太一が赤井の腕を引っ張って引き離してくれていた。私は薄く開いたままになっていた口を手で押さえる。

「赤井――」

頬を叩く太一の呼びかけに赤井の反応はなかった。床に転がりスースーと寝息を立てていた。前髪が跳ね上がり、額が見える。寝顔はいつもよりもの赤井よりもずっと若くなったように感じた。

9

「これが種まきに使う機械やで」

幸太郎に渡されたのは、前方後円墳のような形をした薄いプラスチックのお弁当箱のようなものだ。機械と呼ぶにはいささか仰々しい気もする。

「なるほど、この丸っこい部分の中の円盤に溝があってそこに一粒ずつ種が入って、下の出口に順番に進むんですね。ふふふ、福引のガラガラ抽選機のおもちゃみたい」

「侮るなかれ、優れものやぞ」

私が少し笑ってしまったので、幸太郎がおどけて片方の眉を極端に吊り上げて見せる。

「どうでもいいから、早くやれよ」

倉庫の壁に貼りつくようにして立っている赤井が、スニーカーの先で床を蹴って急き立てる。

「ユウは来んでもええと言うたやろ。わしとモモちゃんで種をまいておく。二日酔いかなんか知らんけど、文句言うんやったら母屋へ帰れ。うるさい」

幸太郎は高さ六十センチくらいの脚立を取って、迷惑そうに赤井の前を横切る。腰の調子はだいぶ良くなってきているようで、出会った頃より幸太郎の動きが軽快になっている。赤井の隣にある棚の前に「よっこらしょ」と脚立を開く。棚から何か取り出すつもりなのだろう。

「なんだよ、じいちゃんまだ動くと腰が痛むって言ってたじゃねぇか。俺は、だから……。ああ、くそ、頭痛ぇ……」

「頭痛いならいいですよ、赤井さん、私がおじいちゃん手伝いますから」

私は軽トラの荷台に種まきの道具を置いて幸太郎のサポートにまわる。黒いジャージの脚を脚立に寄せ、上向いて、脚立に乗っている幸太郎の手の動く先を見た。棚には素人には使い方がわからない農業用の道具がぎっしりと詰まっている。

「稲刈りが済む頃ナスも終わりや。その後はうちも冬野菜をいくらか作る。竹林の世話もあるし、冬野菜も量はそんなたくさん作られへんけど」

説明しながら棚の最上段に手を入れている幸太郎の横から、長い赤井の腕が先回りした。

「俺なら脚立なんかなくても取れる」

「嫌味なやっちゃなぁ、ユウは」

赤井が棚から取り出したのは、黒いプラスチック製の大判の製氷皿のようなものだ。ただし、製氷皿と違って仕切られたひとつひとつの箱の底に丸い穴が開いている。幸太郎は脚立から降りて赤井からそれを受け取る。赤井は着ているサマースウェットの上下が、幸太郎は白い肌着と作業ズボンが棚から落ちた砂ぼこりで汚れていた。

「これがセルトレイ。育苗箱やな。この小さく分かれた箱の中に土を入れて、ひとつずつブロッコリーの種をまく。ここである程度まで大きくしてから畑に植える。そうすると水やりも楽やし、温度管理も簡単にできるしな」

幸太郎がセルトレイに手をかざしたり穴を指さしたり、身振り手振りをつけて教えてくれる。

「直に畑に種をまくんじゃないんですね」

私は想像していたのと違うところを素直に口にした。

「直にまくのもあるで。大根とか小松菜とかな。畑に畝を作ってそこへ種を直接まく」

「なんで、直にまくのとセルトレイ使うのがあるんですか？」

「ふーん、さぁ、なんでやろ。わしは親から教えられたとおりにやっとっただけで……

考えたこともなかったわ。ユウ、なんでや？」

　自分の額をぴしゃぴしゃと手のひらで叩いて、ははは と幸太郎が笑う。

「根菜は植え替えすると形が悪くなったり根がつきにくくなる。小松菜みたいな生長が早い葉菜は直にまくんだろうが」

　赤井は素っ気なく解説し、棚に立てかけてあったアウトドア用の折りたたみ椅子をのろのろと引っ張り出して、崩れるように座った。

「そうなんですか」と納得する私の隣で、幸太郎まで「ああ、そうやったのか」とうなずいている。

「考えて農業するのはわしには向かん。受け継がれてきたやり方をやっていく。そやけど天候も知識も道具も、みんな次々新しく変わって、今までのやり方ではあかん部分も出てくる。わしんとこはそれをユウがやってくれるし、安心や。さぁ、始めよか」

　幸太郎の指示で、私は倉庫から出てすぐのところにセルトレイを置く。舗装されていない、土と砂利の地面だ。そこには十キロ入りのコメ袋くらいの大きさの袋に入った培養土も用意されている。幸太郎を手本に、スコップで培養土をすくいセルトレイのそれぞれのセルに土を入れていく。

「今日は午前中休みの予定やったのに悪かったな、モモちゃん。午後から雨が降るかもしれんゆうて、急に天気予報が変わってたから。それほど強い雨にはならんやろうけど、先に種まきを終わらせといた方が気が楽やろうと思ったんや」

倉庫の軒から見上げる空は灰色の雲に侵略され始めている。

「いえ。私は大丈夫です。どうせ他にやることないですし。でも、農業って、生活が天候に支配されますね」

「そうやなぁ。仕事の時間が自由なようでいて自由でない。それが農業やな」

「おい、しみじみしてねぇで、ちゃっちゃと終わらせろ。あー、頭がズキズキする」

赤井が座ったままバタバタと膝下を動かす。

「情けない。あれくらいの酒で」と幸太郎が呆れる。「ユウ、お前は自分の酔うた姿をほんまにちっとも覚えとらんのか？」

赤井の脚の動きが止まった。「……覚えてねぇ、まったく」

私と目を合わせると、幸太郎は長く鼻から息を漏らして首を横に振る。

幸太郎は最後まで起きていたわけではないから、赤井がご機嫌で野菜を語っていたところまでしか知らない。その後に赤井が私にしがみついたり、まして唇を重ねようとしたことなど。赤井本人は本当にすべて忘れてしまっているかは謎だ。けれど、赤井は悪びれる様子もなく二日酔いを主張し、頭痛に襲われてぐったりしている。私は赤井を追及するのも怒った態度を続けるのも馬鹿らしくなってやめた。私だけが振り回されるばかりで不毛だ。

「おはようございます」

不意に低く太い声に挨拶されて、私と幸太郎はそろって声の方へ顔を向ける。いつの間にか、私たちからほんの五、六メートルの距離に男の人が立っていた。

知らない人だ。吊り上がった濃い眉、短く刈った髪、上背はそんなに大きくない。五十代くらいだが、腹回りがダブついている様子はなく身は軽そうだ。青いチェックのシャツに作業用のグレーのズボン、足元は長靴。近所の農家の人だろうか。

10

吉田と名乗った男の後ろには、城山が背を丸めて立っていた。ここに来るまでに城山は散々吉田に絞られてきたと見える。いつもの自信のなさに加え、貼りついていた泣きそうな笑顔までなくなって生気も失っていた。

吉田はいかにも怒っているという空気をまとって、胸の高い位置で腕組みする。

「マナー違反やと思うんやけどね、他人の水を横取りするのは。こういうことが起きると近所の人も信用できんようになって、ほれ、台風の日に自分の田んぼを守ろうとして水路へ流される人が出たりする。他所の人に自分の田へ水を流し入れられんように、見張らなあかん言うて。僕はこの辺りでそんな険悪な付き合いはしたくない。モラルがわからん者を放っておくわけにもいかんやろ？」

吉田は十分くらいのひとり語りの間にマナーとモラルというカタカナをたくさん使った。幸太郎は昨日の出来事を大まかにしか伝えられていなかったのだろうが、「申し訳なかったね。よう孫に言うて聞かせます」と赤井の代わりに頭を下げる。

「すみません、……僕が頼りなくて赤井君に迷惑を……」

城山が腹の前で重ねた手を忙しなく組み替えて、吉田に向けて深く腰を折った。

「そうや。水路の順番が取りにくかったんやったら、城山君はお父さんとお母さんに相談して、僕に声をかけてくれたらよかった。これから気をつけなさい。赤井君も、水路の組は僕らと違うけど、マナーはどこでも一緒やで」

赤井は椅子に座ったまま頭痛をこらえゆがんだ顔で吉田を見上げていた。赤井の位置からだと逆光になるので、あまり吉田の顔が見えていないのかもしれない。

「まず、こちらが立ってるのに、君が座ったままというのはどうや。こういうこともマナーやと思うけどな。ええと、赤井……雄介君、やったかな。最近は協同組合の寄り合いなんかは息子に行ってもらっとるし、僕も若い人はあんまり知らんのやけど、君のことはちょくちょく話に聞く。気難しくて癖が強うて自分勝手、おまけに態度が大きくて扱いにくいと。個性が強いんは悪いことやない。そやけど、みんなひとりで生きとるわけやないんやから、マナーやモラルは守っていかなあかんやろ？」

吉田は子供に言い聞かせるような口調だ。

「ユウ、ちょっと立ちなさい」と幸太郎が促す。

赤井はひじ掛けに手をついてゆっくりと腰を上げ、「いてて」と小声で呟く。赤井の背の高さが吉田の想像より大きかったせいだろう、吉田は一歩後ろへ下がって赤井との距離を開けた。

「雄介君、たしかうちの末の娘と同級生やったね。外国から帰って来たとか……そやから、ちょっとみんなと違うと、君の話を娘からも聞いた。外国が長けりゃ、日本の文化になじみにくくてストレスもあったんやろうけど」

赤井と吉田の娘が同級生だったということは、吉田の娘もあの卒業アルバムの中に写真があるのか。眉と睫毛が濃く意思の強そうな吉田の横顔を見つめ、私は赤井の同級生の顔を想像する。赤井に触ることも許されなかった卒業アルバムのどこかにいたかもしれない人の顔を。

瞬きをしない赤井の目が気味悪く吉田を見下ろしている。

「君やろ？　女の子に乱暴したり、近所でのぞきをしてたのは」

無反応な赤井に苛立ったのだろう。吉田がさらに声のトーンを落としてそう言った。

私は弾かれたように視線を上げる。みんなの視線が赤井に集中した。

「してません。どっちも」

赤井にしては丁寧な言葉で、けれど、感情の感じられない抑揚のない口調で否定する。

吉田の頰の肉が片方だけ引きつるように動いた。

「女の子が言ったんや。君に襲われかけたと」

吉田がごつごつした顎をかく。

「襲う？　そんなのあっちの一方的な証言でしょう」

赤井は不愉快そうに大きく息をつき、

「学校の帰り道、同級生の女のひとりが俺に近づいてきて、『挨拶で外国人とキスしてたんやろ』って言ったんですよ。『会う人みんなとしたの？　キモくない？』って。あんまりしつこいから、『してほしいのか』って腕を摑んだら叫び声上げて逃げていきました。次の日には俺がそいつを襲ったことになってた。摑まれて無理矢理キスされた、女がそう言ったって」

「ほんまはしたんやろう、そうやなかったら、女の子がそんな恥ずかしい嘘をつくわけがない」

「当時の担任もそう言いましたよ。それで、相手に謝るようにと。してないことを謝る義理はない。だから俺は謝らなかった。ある日、クラス中の女に囲まれてその女に謝るように迫られました。で、俺は机を投げて暴れてやった」

「信じられへんな。反省もせんと相手のせいにするんか。要注意人物として学校で名前が上がるわけや」

「ユウは、そんな危険な子ではないです」

たまりかねて幸太郎が口を挟んだ。

「自分の孫のことは庇うでしょうよ」

吉田が鼻で笑う。赤井は微かに舌打ちをした。

「俺は中学のときのことなんか、どうでもいいです。今更誤解を解く気もないし、思い出したくもない。吉田さんがほじくり返すから真実を答えたまでです」

「どうでもええことはない。そういうのは癖や。昔のことかて、悪いことは反省するように周りは注意せなあかん。子供のやったことと許されたこともこれからは犯罪や」

「なるほど、犯罪なら見逃すわけにはいきませんね。じゃあ、ここからは吉田さんに俺から昔のことを質問させてもらいますよ」

赤井はスウェットのポケットに手を突っ込み、出した手をぬっと吉田の顔の前に突き出す。吉田の頭が反射で後ろに動く。赤井の指先に写真が挟まれている。私のところからはよく見えないが、昨日赤井が押し入れから出してきたあの写真だろう。

写真に近づけた吉田の顔がみるみるうちに赤くなる。「これは」と吉田が赤井から写真を奪う。

「吉田さんの田んぼの写真です。それは秋なので、畑ですけど」

「なんでこんなもんを君が……」

「中学生の頃、写真の被写体を探して近所を歩いてたんです。俺にとってはまだ慣れない土地でしたし、道を覚えようと思いまして。のぞきに間違われていたとは心外ですけど。そのとき、偶然これを見つけました。電気泥棒」

城山と幸太郎が吉田の背後に回って写真をのぞき込もうとする。

「ま、待ってくれ、違うんや。泥棒なんて」

吉田は写真を握りつぶした。

「俺のことは信じられないと言ったくせに。吉田さんはこんなはっきりした証拠があるのに違うって言えるんです？」

「このときは、た、たまたま発電機がオイル切れして」

「自分の発電機が使えなかったら隣の家のガレージの電源を使っていいんですか？　これ、この写真にはあなたの吸水ポンプの黒いコードが隣の家のフェンスの間から通してあるのがはっきりわかりますよ。この家は昼間に人がいない。道の方からは見えないところだし、電気、盗み放題でしたね」

「な、なんでそんなこと」

「うちのばあちゃんが国勢調査の用紙をあの家に配ったことがあるんですよ。そこの奥さんに、昼間はだいたい留守にしてるから夜に訪ねるように言われたって。昨日吉田さんの田んぼに行っていろいろ思い出したんです。それで押し入れにしまってあったこの写真を探しておきました。吉田さんの息子さんは普段会社勤めしてるでしょ？　農業はまだあなたが中心でやっている。だから吉田さんご本人が俺に会いにいらっしゃるだろうと思って。ああ、写真がぐちゃぐちゃになっちゃいましたね。画像をデータにして残してありますし、印刷し直しましょうか？」

「データ、それは……」

「何枚要ります？」

「た、頼む、データを消してくれ。い、いつもこんなことしてるわけやない。一度きりや。電源借りたんは、その一度きりのことやから、このことは」

　吉田は握った写真を自分のポケットに押し込んだ。その後ろで幸太郎と城山が互いに横目で見合っている。赤井は前髪を無造作にかき上げ、もう一度折り畳み椅子に座った。

「言っときますけど、俺は女を襲ったことなんか一回もない。アナタの娘さんや他の奴らがなんて言ったか知らないけど。襲わなきゃいけないほど俺が欲求不満を抱えるように見えますか？」

　赤井の冷ややかな目が吉田を射た。赤井が口角を上げる。スウェット穿きの王子様は自信に満ちて、憎らしいが間違いなく美形だ。

「誤解やったんやな……。すまなかった。む、娘にも言っておく。そやから君も……」

「娘さんに吉田さんがいまさら何を言おうがかまわない。俺はもうすっかり忘れてたことです。ただね、俺、今日はものすげぇ頭痛くて、機嫌悪いんですよね。水路の件については、シロにそっちの組のマナーってやつをきっちり教えてやってください。……で？　他に、なんか俺に話がある？」

　赤井はこめかみに指をあて、最後はいつもの口調で言った。

「いや、ない。ないよ。……ただ、で、データだけは」

　赤井の黒目がギロリと動く。吉田は一旦口をつぐみリップクリームをなじませるみた

いに唇を動かし、

「け、消しといてくれるとうれしいな。ほら、む、昔のことやから。……勘違いして、君には失礼なこと言って……悪かったね。あの、データの件は、ね、頼んだよ」

と手刀を顔の前に立てて訴えた。

吉田は腰を低くした姿勢のままいそいそと赤井家の駐車場から出て行く。置き去りにされた城山が吉田の後ろ姿を見送っている。幸太郎が軍手をはめた手の甲で、赤井の肩を叩く。

「大変やったな」

「あいつ常習なんだよ、電気泥棒。そんな偶然に写真なんか撮れるかよ。あいつのせいで、外で電気を使ってるのを見るとつい発電機確認しちゃうようになったんだよな、俺」

赤井はけだるげに首を回した。コキコキと骨が鳴る。

「そやけど、ユウはなんでそんなもん撮ってんねん」

「吉田以外にもいろいろ撮ってあるよ。細かいところに目を向けてると、おかしなことに気づく。怪しい男を家に入れてる主婦とか、犬の散歩を装ってよその庭先の置物盗んでる奴とか。秘密を知っても俺は別に誰かに言うわけじゃねぇけど、いろんな奴の弱みを握ってるって面白いだろ？　今回初めて役に立った」

「赤井君は強いなぁ」

城山は困ったような笑顔を取り戻していた。城山の黒い革靴が駐車場の砂ぼこりで白くなっている。城山が作業用の服ではなくブルーグレーのシャツにキャメルのチノパンを着ていることで、私は思い出した。

「城山さん、ミノル君と出かける予定でしたよね」

「そうなんやけど、こんな時間になってしもた。またの機会にしようかな」

時計は午前十一時を回っていた。赤井が「へっ」とバカにしたような息を吐く。

「行くのやめちゃうんですか？」

私は不安げなミノルの顔を思い浮かべる。父親が吉田に厳しく注意されているのをミノルは見ていたのだろうか。

「学校説明会って何時までなんですか？　約束したんだからミノル君は待ってるでしょ？」

責めるような口調になった。

「そやけど、こういう気分で電車に乗ったら、僕は……」

「じゃあ、車で行きましょう。車ありますよね？　城山さん」

私は城山の背中を押す。

「え、あ、あるけど、気持ち悪くなって、運転どころやないよ」

「じゃあ、赤井さんが運転します」

「アホか。なんで俺がっ」

怒鳴りかけた赤井が「痛っ」と頭をかかえる。

「わかりました。……じゃあ、私が運転します」

「え？　青田さんが？」

「お前、免許持ってるのか？」

「ええ、持ってますよ。行きましょう。行かなきゃ、ダメでしょう」

11

汗をかいた右の手のひらをジャージの太ももにこすりつける。

目の前の大通りには左右から車が行き交い、私の運転する車は右折で合流する機会を狙っていた。右を見て、左を見て、また右を見て、またまた左を……と巣穴から出たミーアキャットのごとく首を動かす。

「あっち、あの運送屋の車が行ったら出ろ。次の信号左折だから左の車線に入れよ」

助手席の赤井がしびれを切らせて指示する。

「あ、あああの猫のトラックですね」

「ああ」と面倒くさそうな返事の後、「ここだっ」と合図が飛んだ。私はアクセルを踏んで、「えいっ」と銀色の車体を大通りの流れにのせる。

「やった、赤井さんっ、合流できました」

「合流ぐらいで調子に乗るな」

「わかってますよ。だけど今のでだいぶ自信がつきました。教習所で習ったこと思い出します。ここから今度左折でしたよね、赤井さん」

スピードを出した興奮でテンションが上がる。

「そうだ。落ち着いて前をよく見ろ、信号赤だ」

「見てますよ」

力いっぱい踏んだブレーキが強すぎて車体がガクリと揺れた。運転席のパネルに白い足のマークが点灯する。赤井の上半身が前後に大きく振れるのが視界に入った。

「揺らすな、アホ。頭に響く」

その後部座席で城山が「ぐげぇ」と喉を鳴らす。ガサガサ音を立てるのはエチケット袋だ。ミラー越しにミノルの不安そうな顔と目が合う。

「安心して。大丈夫だから」とミノルに笑いかけた。

「運転に集中しろ」

横から赤井に頭を小突かれる。

城山家の駐車場から出る前にアクセルとブレーキの確認をしていた私を、赤井は訝し気に見ていた。いよいよスタートという段になって車が前に進まず首をひねっていると、「ギアがドライブに入ってねぇけど?」と指摘された。

住宅街の狭い道で対向車とのすれ違いが怖くて民家の塀に車を寄せすぎて、城山に悲鳴を上げさせた。後数センチで擦っていたという。

赤井が運転を代わってくれると言い出すのを期待した気持ちも正直あった。赤井だって、大通りに出るまでに私の運転のレベルはわかったはずだ。けれど、赤井は私に運転をやめるようには言わなかった。

京都市内の自分のマンションまで赤井に軽トラで連れて行ってもらったことがある。市内まで出る道はなんとなく覚えていた。高校卒業時に免許を取ってからほとんど運転していないとはいえ、たった二年前のことだ。車はオートマティック、合流と車線変更さえできれば問題はない。ドキドキと速い鼓動も粘る汗も心が躍っているせいだ。そう自分に思い込ませて、私は両方の手のひらをもう一度膝で拭う。

なんとしてでもミノルを中学校の説明会に連れていきたい。今はまだ狭い世界にいるミノルに、中学受験はきっとたくさんに枝分かれした人生の選択肢を見せてくれる。

私がミノルの年頃には自分で選べる道が他にたくさんあることを知らなかった。それを悲観することもないのだけれど、「知ることができる」のは羨ましいなと思う。城山は選べる未来を子供に見せてあげられる立派な父親だという自信を持ってもらいたかった。城山もミノルも自分の力の範囲を小さく見積もりすぎている。

傷つき折れているばかりではもったいない。

「青だぞ」

名前を呼ばれたのかと我に返った。

「左折したら、そのままイナイチまでまっすぐ行け」

赤井がナビしてくれる。

「イナイチ？」

「百七十一号線だ。新幹線と並走してる」

「赤井さん、……車線変更とか合流がないルートで行きたいんですけど」

「はぁ？　そんなもん無理だろ」

「え？　無理ですか？　……嘘。車線変更下手なんですよ、私」

「下手ってなんだ。ぶつけたことあるのか？」

「一回だけ、母の車で」

「一回……。どんだけ運転したうちの一回だ？」

「それ一回きりです。高校卒業してから免許取ってすぐ。それから大学でこっち来ちゃったんで運転する機会がなくて」

「お前、それ、百パーセントの確率で事故じゃねぇかっ」

後部座席でまた城山が「おえぇ」と嘔吐した。「お父さん、大丈夫」ミノルの小さい声も聞こえる。

「あ、でも、大した事故じゃないです。ほんと、ちょっとだけ当たっちゃって」

城山親子の不安を取り除こうと慌てて言い足す。

「もういい。わかった。大丈夫だ。ちっとぐらい当たっても死なねぇわ。余計なこと考えずに行け」

広い通りだが合流を経験した通りより走っている車の数が少なかった。まっすぐに進むだけなら問題はなく、私は久しぶりに大きく息を吸った。

「青モモ、……高校はどこだ？」

「え？　どこって」

「関西じゃねぇよな、しゃべり方も違うし」

珍しく赤井が私の過去のことなど聞いてくるので、胸がソワソワする。

「ええ、まぁ、中部地方なので」

「お前、二十歳だっけ？　たった二年前か、高校生」

赤井は窓枠に肘を載せて、「イナイチ」と前方の道路標識を指す。私はウインカーを左に出して車を止めた。赤信号だ。

「……青田さんまだ二十歳なんや」城山がエチケット袋に口を突っ込んだまま呟く。

「若いなぁ。赤井君はいくつだっけ？」

「二十七。若いだろ」

「うん。そやけど、僕が赤井君の歳にはもうミノルがいたな。僕は二十三でお父さんになったから」

「早えな」

「そうやね。早く結婚するのはもったいないとか言われることあるけど、ええよ、なかなか。幼稚園の運動会とか若いお父さんは目立つで」

「お父さんは走るの速い」

ミノルが明るい声で言った。

「へぇ。シロ、得意なことあるじゃねぇか。お前は？　ミノル」

「僕は、遅い。何もうまくないし……僕には何もない」

「アホ。これから探せ」

　赤井がミノルにそう言うのと同時に、私に車を動かすようにハンドルに触れて合図する。

　左折して百七十一号線に乗り、大きなトラックの後ろにつく。運転にも慣れてきて、やればできるという気持ちが強くなった。

「そうだよ。これから、いくらでも探せるよ、ミノル君」

　自分も今進む道の見えない迷子のくせに、当たり前のようにそんな言葉が口を衝いて出てくる。

「ミノルは手先が器用やし、観察力がある。好きなもんが見つかれば、きっともっと楽しくなるで」

　城山のその声はエチケット袋の中で発されたものとは違い鮮明だった。

「シロ、だったらお前ももっと楽しく生きてやれ」

　赤井に発破をかけられ、城山は少し間を空けて「そうやね」と素直に答えた。

　しばらく進むと車線の数が増え、「あ、しまった」と赤井が小さな声を出す。

「どうかしました？」

　私は顔の向きは正面に置いたまま横目で赤井を見る。

「この先で右に曲がるから、右に入っとかないとダメだったな」

「え？　じゃあ……」

「右に車線変更しねぇと」

「そんな……無理ですよ」

「ずっとまっすぐ行くわけにはいかんだろう」

　じわじわとまた汗が出てくる。脈を打つ感覚がこめかみで感じられた。そのとき、前を走っていたトラックが、スッと右のレーンに移っていく。開けた視界の先に左にウインカーを出して止まる車の列が現れた。

　え？　なんで？

　理由もわからず私はその列の最後尾に止まる。後ろを走っていた車はみな上手にレーンチェンジして右の流れに混じっていった。

「左側、動物病院に入る列に並んでるみたいだな、俺たちは」

　赤井は助手席側のガラスを指先でコツコツ叩く。道路沿いに、『日祝も診療』と書かれた動物病院の看板が立っていた。

「ウインカー右に出してタイミング見て出ろ」

「えええ」

　呻きつつ言われたとおりにしてタイミングを計る。右車線の後方から走って来る車の距離がわからない。思い切ってハンドルを右に向けるとクラクションを鳴らされた。その音で魔法が切れたみたいに自信がなくなる。

「鈍くせえな。詰みか？」

　まだ頭痛がしているらしい頭を押さえて、赤井がシートベルトを外した。

12

　右折左折を繰り返し、車は京都市内を進む。私たちは動物園や美術館がある人通りの多いところを走っている。

「次を左に曲がった道の右手に会場。で、ゴールだ」

　助手席の背もたれに赤井がドサリと身を預けて、ナビを終了した。

「ありがとう、赤井君」

　運転席で青白い顔をして笑うのは城山だ。

私が立ち往生してしまった動物病院前で、「僕が運転します」と城山はエチケット袋を閉じてシートの下に置いた。自分が運転を代わるつもりでいた赤井は、ヘッドレストを避けて振り返った。

「できるのか？」

「吐き気はするけど、運転席に座れば緊張感があるし、吐くには至らないと思う。そやし、やっぱり僕が連れて行ってやらんと……」

城山がそう申し出たので、そこで私は後部座席に移り城山と座席を交代した。シートやミラーの調節をして、城山はスムーズに車線変更して走り出した。

城山は乗り物酔いよりも私の運転に冷や冷やする方が耐えられなかったのかもしれない。並んだミノルの小さな膝を軽く叩くと、ミノルは私を見上げ真剣な面持ちで目配せする。

その目が「お父さんは大丈夫だよ」と教えてくれた。

中学校の説明会の開催される建物の地下駐車場に入って車が止まると、車内の四人全員が大きなため息をついた。

「お父さん、ゲロ出えへんかったね」

ミノルは胸の前で手を叩く。城山が目を細めてうなずいた。

「さ、早く行ってきてください」

私は城山親子を急かす。駐車場の中には説明会に参加するだろう親子連れの姿がいくつか見えた。

「あ、そうやね、……ふたりは？」

城山に聞かれて私は赤井と目を合わせる。

「適当に、待っておきます」と答えると、城山は「お昼ご飯でも食べに行ってて」と車の鍵を渡してくれた。ミノルの髪をくしゃりと混ぜてエレベーターホールに向かう城山の背中は、いつもよりもまっすぐ伸びていて大きく見えた。

赤井は車から降りて大きく伸びをする。私は後部座席のパワーウインドウを下げた。駐車場のムウッとした暑い空気がエアコンの効いた車内に入ってくる。

「青モモ、なんか食ってこい。俺は車で寝とく」

窓から赤井が顔をのぞかせる。

「え？　嫌ですよ、こんな格好で観光地のお店に入るの」

ブロッコリーの種まきから着替えをせずにスマホと財布だけを持って車に乗ったので、私は作業用の紺のTシャツにジャージを穿いている。

「服なんてなんだっていいじゃねえか」

家着のサマースウェット姿の赤井が言う。

「よくないです。でも、お腹はすきました」

「まあな」と同意して、「コンビニでも行くか」と赤井が提案する。

「赤井さん、ここから私のマンションまで車でどれくらいですかねぇ」

「道が混んでなきゃそれほど遠くないが。なんか取りに帰りたいのか？」

「いえ、コンビニで何か買って、うちでゆっくり食べたらいいかなと思ったんです。赤井さんもちょっと寝たいんでしょ？」

財布の中身を確認しようとうつむくと、「そういう風に誘われたことはなかったな」と窓の外で赤井が言った。

「誘う？」

「お前の狭いワンルームで飯食って一緒に寝るんだろ？　いいな。その誘い、悪くない」

赤井は片手を腰に置いて、黒目だけ上へ向けコンクリートの梁を見ている。

「え？　……あ、寝るって、違いますよ、眠るんですよ。変なこと言わないでください」

早口で言って、私は慌てて車の外へ出た。赤井の言う「誘う」の意味を急速に認識して私の顔は熱くなる。広い赤井家と違い、ほぼベッドで占領された狭い部屋ではたしかにふたりで過ごすイメージが違う。

「そういうとこ面白ぇな、青モモは」

赤井は運転席側に回って車のエンジンを切った。

「そ、そういうとこって、どういうとこですか」

からかわれるとわかっていても聞いてしまう。

「臆病と豪胆のバランス。慣れてて大胆なのか、知らなくて大胆なのか観察してたけど、後者だな。間違いなく。計算はない。素直なんだ。けっこう箱入りで親と衝突することもなく、周りといざこざも起こさないように真面目に手堅い道を歩いて育ってきた。けど、それに抗いたい気持ちも強い」

面と向かって言われてしまうと、なんと面白みのないプロフィールだろう。

「平凡な人生ですね……けど、そのとおりです。どうせつまんないって思って、赤井さんは私の生い立ちとか聞こうともしなかったんですね。……まあ、私には特別なことなんてまったくないんですけど」

私はジャージのポケットに財布と一緒に手を突っ込む。

「俺が聞かなくたって、お前はじいちゃんにいろいろ話してただろうが。子供の頃に親の愛情受けて平和に過ごした記憶はつまらなくはない。俺だって、親とかじいちゃんばあちゃんの愛情はちゃんと受けてるから知ってる。俺はただ他人の過去にあんまり興味がないだけだ。今が見えてりゃいいだろ。だいたいお前、人生なんてそんなもんはこれからだ、アホ。語ることも、諦めることも、安心することも、まだまだできねえ。俺だってシロだって、じいちゃんだってだ」

「そうですけど、赤井さんは二十七にしてすでに濃いですよね、人生。中学時代のエピソードとか」

「要るか、あんなエピソード。腹立たしい。中学二年間変態扱いだったぞ。おかげで他人と関わらずにすんだけどな。あの頃は太一くらいしか話さなかった」

「太一さんは心が広いですもんね」

「違う。あいつが妙に俺になついてたんだ、昔から。あいつは変態が好きな変態だ」

よく言う。酔っ払うと奥さんから取り上げるほど太一にべたべたするくせに。

「大事なのは今だ。今の自分。どういう風に生きてきたにしろ、どんな道で生きていくにしろ、腐らず図太くいられれば大丈夫だ。言ったよな？　肝の太さが重要だ。お前は気が弱いと自分で思ってるみたいだけどそうでもない。ときどき出る大胆さは悪くない。まあ、あんまり人生急くな。せっかく農業してるんだ、作業しながらしっかり考えろ。農業はどんな道にもつながってる。お前が将来どんなことしようと、農業体験は無駄にはなんないよ」

「どんな道にも？」

「ああ」

赤井は電子キーを車に向ける。ピッと音を立て鍵が閉まると、了解の合図のように車のミラーのライトが光った。

「逆に、農業と全く関係ないものがあるなら言ってみろ」

「農業が関係ない……都会？」

「アホ、都会の人間も野菜食うんだろうが」

「そ、そうですよね」

「工業も化学も数学も芸術も文学も、道徳だって、つなげようとすればなんでも農業につなげられる」

突然私はすべてにつながるドアの前に立っているような気がした。

「コンビニ行って、その辺のベンチで食うか」と赤井が駐車場の出口に向かって歩き出す。

赤井を追いかけようとしたら私の前を車が一台横切り、足止めされた。誘う口調で声をかけたくせに、赤井は私を置いてさっさとひとりで行ってしまう。振り返りもしない。

「まったく」

あれじゃ女子の決死のアピールも理解できなかっただろう。無理もない。赤井に襲われたと話した中学の同級生の女の子は、ただ赤井と仲良くなりたかっただけに違いない。中学生の想像力では外国と聞いただけであいさつ代わりに気軽にキスするというイメージしかできなかった。外国から転校してきたこの人はもうキスを知っているのか、そう思っただけでドキドキしてしまったのではないか。だって、初恋なんてそんなものでしょ。

赤井は恋なんてするのだろうか。

高校や大学に行っていたのだし、あの容姿なら襲わなくても出会いはあったはずだ。「そういう風に誘われたことはなかった」ということは、どういう風に誘われたことがあったのだろう。経験値の低い私の想像力では恋する赤井が思い描けない。

「青モモ、何してる、早く来い」

非常灯が緑に光る駐車場の非常口の扉の前で赤井が叫んだ。

三章

農家の気持ちを伝える野菜ソムリエ

Akai of the vegetables
sommelier farmer

1

「じいちゃんの皿にはバジルソースかけるなよ」

赤井がコンロの前からダイニングテーブルを振り返る。頭に白いフェイスタオルを巻いた、色あせた紺の半袖Tシャツにスウェットのハーフパンツ姿のシェフだ。

「おじいちゃん、これもポン酢で食べるんですか？」

私は野菜を盛り付けていた手を止める。

六人掛けの古い木製ダイニングテーブルの上に三枚の白い皿を並べ、彩りを考えながらナスとパプリカ、トマトと豆腐を置いているところだった。一応、イタリアのカプレーゼという料理のつもりで仕上げている。トマトモッツァレラのような冷製の前菜だ。今回はモッツァレラチーズの代わりに電子レンジで水切りした木綿豆腐を使い、オリーブオイルで焼いたナスとパプリカを加えた。

「たぶんな。じいちゃんはサラダっぽいものにはだいたいポン酢だ。それにバジルは嫌いだって言ってただろ」

赤井はフライパンの中の鶏のモモ肉をひっくり返す。脂が弾ける音と醤油の香ばしい香りが食欲を誘う。メインディッシュは鶏の照り焼きだった。

前菜担当の私とメイン担当の赤井、息が合っているのかいないのか悩むような和洋折衷メニューになっている。

「バジル美味しいのに。嫌いなんて残念ですね、おじいちゃん」

「香りが強すぎるんだと」

「食わず嫌いでしょう？　一回食べてみてくれないかなあ。おじいちゃんにお酒のおつまみのナッツを分けてもらって、たくさんソース作ったから」

庭のプランターいっぱいに茂っているバジルを使ってソースを作り、保存瓶に入れてある。材料の松の実を買い忘れたので、代わりに幸太郎の酒のつまみのナッツを砕いて入れた。パスタやサラダ、焼いた魚や肉などいろいろ使える万能ソースだ。塩味にバジルの爽やかな風味が加わるだけで少し余所行きな感じになる。きっと美味しいと言ってもらえると思う。

「やめとけ。お前に勧められたらじいちゃんは嫌でも美味いって言う。思ってもないのに、気をつかって美味いって言うのも、言われるのも意味がない」

「……そうですよねえ」

浅はかな目論見をザクザクと斬られる。まったくもってそのとおり、言ってもらえるだけでは意味がない。心から思ってもらえなければ。

「じいちゃんの場合は、じいちゃんに食わせたい料理じゃなくて、じいちゃんが食いたい料理を考えて作ってやればいいんだ。目新しい料理を食べたい人間ばっかりじゃない。自分が気持ちよくなりたいだけなら人を巻き込むな、ひとりでコソコソやっとけ」

「わかりますけど……言い方……」

赤井は自分が作りたい料理と幸太郎の好みの料理、ふたつのメニューを用意することが多々ある。そういう労を惜しまないところに、赤井が本当に料理をするのが好きなのだと思わされた。好き勝手しているようで、幸太郎に対する赤井の意外な優しさに気づかされるところでもある。

私の料理には褒めてほしいという下心が詰まっている。メディアで料理を披露する人への憧れも、恥ずかしいけれどその欲求のせいだと思う。赤井がメディア進出を積極的にしないのは野菜や料理への愛情よりも赤井自身に注目が行くのを嫌うからで、そういう意味では私なんかよりも赤井の方がずっと純粋で真面目だ。

私はソースをかけない前菜の皿をひとつ完成させて幸太郎の席に置く。

残りふたつの皿にはそれぞれ同じ食材を別の盛り方で用意した。ひとつはナス、トマト、豆腐、パプリカと規則正しく繰り返して円形に配置し、もう一皿は横一直線に配置してある。それぞれにバジルソースをかけて仕上げた。

「赤井さん、どっちの盛り方が美味しそうに見えます？　どっちでもいいは無しで」

「あぁん？」

　赤井が顎をしゃくらせて面倒くさいことを言うなという顔を作る。

「その顔、すると思いました」

「うるさいわ」と赤井が顎を戻す。

　私は赤井から顔を逸らして、ダイニングテーブル横のラックからスマホを取り上げた。このラックの炊飯器の横の隙間が私のスマホ置き場となっている。

　ちなみに、物であふれて表面積の半分が使用不能だったダイニングテーブルを片づけ、このラック回りも掃除したのは私だ。

「両方写真撮って、お前が自分で選べばいいだろ。どっちの写真使っても大したリアクションないんじゃないのか？」

　赤井は小気味よい音を立て鶏の照り焼きをまな板の上でカットし、コンロ横の作業スペースの上に用意した皿に載せた。鶏肉を焼いたフライパンの隣に置いてある片手鍋を引き寄せる。鍋には付け合わせのジャガイモをピューレ状にしたものが入っていた。赤井はそれを指ですくって舐め、「美味い」とうなずいて手を洗う。

「こんな私でも最近ちょっとだけフォロワーさんが増えてきたんですよ。やっぱり頻繁に新しいレシピをアップすることが大事じゃないかと思うんです。ここに来てから三週間、ほぼ毎日こうして夕飯の写真撮って情報の更新をしてますから。……少しは個性が出るように考えて、ハンドルネームに農家飯ってつけたのがよかったのかな」

「個性とまで言えるかどうかは疑問だが、何かしら特徴がわかる名前の方がいいだろうな。そういう投稿サイトで目立って料理本出版したい奴とかテレビに出たい奴、腐るほどいるんだろ？」

「それも料理家になるひとつの方法ではありますよね。難しそうですけど。魅せるセンスがかなり要るでしょ、きっと」

「センスねえ」

調理器具が入っている引き出しからごそごそと赤井が何かを取り出す。私は赤井の行動を気にしつつ、自分のカプレーゼにスマホをかざした。料理の写真を撮るための専用写真アプリをダウンロードしてある。上手なSNS用写真の撮り方で紹介されていたように料理の皿を中心から少しずらしてシャッターボタンを押した。

「俺のも撮れ」と赤井がメインの皿をダイニングテーブルに運んでくる。

「え、いいんですか？　赤井さん写真撮るのいつも嫌がるのに。そうだ、赤井さんがネットで料理とか野菜の情報配信なんかしたらめちゃくちゃフォロワーさんつきますよ」

「文章とかレイアウトとかそういうの、考えるのが嫌だ。お前が俺の分も一緒に載せたらいいだろ」

「赤井さんの名前を使ったら絶対私が誰かに恨まれます、イケメンを利用してって。私だって、私の力で仕事できる道を探したいです」

「へぇえ」

間延びした返事をして、赤井が皿をテーブルに載せる。白いメイン皿は三十センチ角の正方形だ。飴色に焼けた鶏肉の表面がテーブルの上の古いペンダントライトのオレンジの光でさらに輝く。

「美味しそ……」と料理に顔を寄せ、褒めるのを途中でやめた。起動し直したカメラを無言で閉じる。

わざわざ絞り袋と口金を使ってとぐろを巻いた状態にしたジャガイモのピューレが、鶏の照り焼きの隣に添えられていた。

「子供ですか」

私はカメラ機能を閉じてスマホを元の場所に置く。赤井が「チッ」と舌打ちする。私の反応が期待していたものと違ったらしい。こんなことに二十歳の私がキャッキャ喜ぶと思うのか。赤井はときどき小学校低学年レベルのことをする。

そのときリビングのローテーブルの上で赤井のスマホが鳴った。赤井は裸足の足をペタペタと鳴らして歩き電話を取る。そのままリビングのソファのコーナーに背中をもたれさせて座った。

「ああ、太一。あ？　明日の三時過ぎ？　ああ、午後の出荷の後なら。……ふーん、なんで？　……はぁ、面倒くさいな。……わかった、まぁ、いいけど……青モモ？　ん、ああ、まだ憧れてるみたいだな、そういうのに。……別にお前が悪いなんて思わなくていい。青モモがバカだから、勝手に勘違いしてここに来たんだ」

自分の名前が飛び出したのに誘われて、私は首を伸ばしリビングの方へ顔をのぞかせた。聞いているぞとアピールする。

「わかった、青モモも連れて行く。いいよ、確認なんかしなくても。絶対行くって言うわ、あいつ別に用事なんかないし」

何を勝手に。

咳払いして目をすがめ、スマホを耳にあてた赤井をこちらに向かせる。

「お前どうせ暇だろ、遊ぶ相手もいなさそうだし」

赤井は電話の向こうの太一にも聞こえそうな大声で私に聞いてきた。

「……いませんけど」

「じゃあ、いいな。太一が明日店に来いって。……じゃあ太一、そういうことだから明日青モモとふたりで行く」

赤井は途中から電話口に帰って太一に返事する。

ええ、ええ。どうせ私には遊ぶ友達がいませんよ。

コンロ前に向かい、奥に寄せられていた味噌汁の鍋を火にかける。ここにもナスが入っていた。箱詰めのときに弾かれたボケナスだ。

私にだって一応、学校で挨拶を交わす程度の友達はいるし、今でも連絡を取り合っている高校時代の友達もいることはいる。けれど、休み中に一緒に出かけたりする友達はいなかった。料理する楽しさを話したり、そこから生まれた将来の夢について意見を聞ける相手もいない。だから勢い余っていきなり赤井のところにやってきてしまった。

人間関係の小さな衝突を重ねるうちに、他人の思惑とか本意をはかって自分の印象が悪くならない立ち位置ばかり気にするようになっていた。そんな自分に私は少し疲れていたのだと思う。遠慮しない赤井に会って、遠慮しなくていい環境ができて、私はずいぶん楽になった。友達がいないと言われても不安になることもなく開き直れる。

私が三人分の料理をそろえ箸を並べたところで、赤井が電話を終わらせてキッチンに戻ってきた。

「青モモ、梅川ミドリって料理研究家知ってるか？」

「梅川さん？　知ってますよ。たくさん彼女の料理本持ってます、私」

梅川ミドリは商社マンの夫の転勤について各国をめぐりそれぞれの地の料理を習得したセレブな美魔女料理研究家だ。

「それが雑誌の企画で来るんだってよ、太一の店に。青モモも興味があるなら来いってさ。センスあるプロの話が聞けるんじゃねえか？　お前のざっくりした将来の夢の参考になるような」

「え、本当ですか」

「罪滅ぼしのつもりらしいぞ、太一。食のスペシャリストになりたいお前をスパルタ農家に送り込んでしまったって」

「そんな……」

「よかったな。せっかくだから、メディアで勝負するセンスってもんを見に行こうじゃねえか」

赤井がTシャツの裾から手を入れてボリボリと自分のお臍の辺りをかく。

急激に嫌な予感がした。

「赤井さん、変なこと言わないでくださいよ」

「変なことってなんだ」

「梅川さんに失礼なこととか……。明日私だけで行っちゃダメですか」

「バーカ、俺が行かなくちゃ意味がないんだよ。俺が来てほしいって頼まれたんだ。お前はオマケなの」

「え？　太一さんが私のこと思って誘ってくれたんでしょう？」

「そう、オマケでな」

　オマケ？

　キャラメルの上にちょこんとくっついている小さなおもちゃの箱が頭に浮かんだ。

2

　午後のナスの出荷を終わらせて、私と赤井はカフェ『レギューム』に向かった。昼休みを短くして作業したので余裕で間に合う予定だったのに、赤井のせいでバスに乗り遅れて急遽タクシーを使うことになった。

　そう、赤井のせいで、だ。

幸太郎が軽トラを使う予定が先に入っていて、私たちは最初からバスに乗るつもりだった。久しぶりに履いたパンプスでバス停までの直線二百メートルを走っている途中、乗る予定だったバスに追い抜かれた。次のバスを待っていたらぜんぜん間に合わない。「タクシー拾いましょう」と提案すると、「こんな田舎で簡単に流しのタクシーが拾えるか」と馬鹿にされる。自分だって駅までのバスが一時間に二本しかないことを知らなかったくせに。

結局バス通りにある調剤薬局の前でちょうど客を降ろしたタクシーに乗せてもらった。冷えた車内で背中に伝う汗が冷える。乱れた髪を手で直して耳に掛けた。

赤井家は敷地の中に車を置けるところがいくらでもあるのに、なんで軽トラ一台しかないのか。今腹を立てても仕方のないことにまで腹が立つ。

「じいちゃんが軽トラ使ってなきゃよかったんだけどな」

「赤井さんが髪なんて切りに行かなきゃよかったんですよ。なんでこんなギリギリに床屋さんなんですか」

「この方がおばさんウケいいだろ」

タクシーの後部座席に並んで座る赤井の髪は短く整えられている。いつものもしゃもしゃと跳ねた毛束は見られない。シャツもチノパンもスニーカーまでもいつもより小ぎれいで、上っ面だけはこの上なく爽やかな青年だ。

「いいですけど、何も今日行かなくても。約束の時間に二十分近く遅れちゃいます」

「遅れるったって、今日は俺らただの見学じゃねえか。お前、よっぽど楽しみなんだな、相手はおばさんだぞ」

「失礼な言い方しないでください。私にとって目標になる人かもしれないんですから」

「なるほど、目標。ふーん」

「赤井さん、暴言禁止ですよ」

「太一にもしつこく言われてる」

「赤井さんは黙って微笑んでさえいれば、みんな騙されます」

窓に頭を寄せた赤井が腑に落ちないという目つきで横から見てくる。

「青モモ、俺って何に見える？」

「何って」

「例えば、野菜ソムリエ」

「……実際そうでしょう。赤井さんを訪ねたときだって、私こんな風にドキドキしてましたよ」

私はワイドパンツの膝に手を重ね少し背筋を正す。赤井は口の中で舌を動かし、内側から頬を押して膨らませた。

「やっぱ俺は農家」

「それも実際そうですから。仕事着を着なければ、誰だって見た目だけじゃ職業なんてわからないですよ。どうしたんですか？　赤井さんが見た目とか気にするの珍しいですね」

「気にするってわけじゃねえけど、相手の望んでるイメージに合わせる方が楽なこともあるよな。そういう風に振舞っとけってことだろ？」

「ほんのちょっとだけ猫をかぶるだけでいいんです、そんなに何度も会う人でもないですから。……赤井さんの素を知ってる私にしたら、どんな格好していても、野菜ソムリエだろうが農家だろうが、赤井さんは赤井さんですけど」

「ふーん」と赤井が鼻の頭をかいた。なぜか少し照れくさそうだ。私には馴染んでしまった赤井の俺様感を皮肉ったつもりだったのに。

「お前も今日は農家のオマケにしては小ぎれいにしてるじゃねえか。シャラシャラしたシャツ着て。そういえば、初めてうちに来た日もこれだったな」

肌触りを確認するように短いフリルの袖を弄ばれて胸がざわつく。

「そうでしたっけ、よく覚えてますね」

「覚えてる。寒冷紗みたいな服着てるなこいつって思ったから」

寒冷紗とは蚊帳や薄いカーテンなどになる生地で、農業ではまいた種の上に掛けて使う。種を風雨や光、虫や寒さなどから守るものだ。

「……赤井さんはやっぱり農家ですね。私寒冷紗っていうものは赤井さんのとこに来て野菜の種まきしたときに初めて知りましたもん」

「この布、寒冷紗より柔らかくて気持ちいいな」

ナスの色素がしみ込んだ赤井の指が袖の生地の向こうに透けて見える。私の腕の肌よりもずっと濃い赤井の肌の色。ごつごつした手の甲がときどき私の腕の肌に触れるのが、そっと撫でられているようでドキドキした。

3

「いつもの計量カップはどうしたの？　持ってきてるんでしょう？」

カフェ『レギューム』の厨房に響くのは、ベテラン料理研究家梅川ミドリのキンと耳に刺さるような高い声だ。

「すみません、あの計量カップは古くてメモリが見にくくなっていると……先生がおっしゃったので別のものを……すみません」

調理場の入り口からこっそり中をのぞくと、二十代後半くらいの女性アシスタントが前屈運動でもしそうなほど腰を折っている。コックコート姿のミドリは濃いめにアイラインをひいた二重の目をキュッと吊り上げていた。テレビで見せる笑顔はなく、美魔女と呼ばれる四十代の女性がただの魔女に見えた。

「それなら、同じメーカーの同じ商品を探してきなさいよっ」

「商品の生産が中止になっているそうで……」

「なんでその報告もしないで勝手に別のものを買うの？　あなたのお金なの？　違うでしょう。こんな使いにくいもの要らないわよ。もう古いままでいいわ。まさか捨ててないわね？　あれは半年くらい前に『愛着があって手放せない品』って雑誌に紹介したの。覚えてる？」

「すみません……そのときは私、まだ先生のアシスタントではありませんでした」

「あなた、面接で私の大ファンだって言ってなかった？」

「……すみません。……私の勉強不足でした」

ひっ詰め髪を衛生帽の中に納めたアシスタントはずっと頭を下げたままだった。

怖い。

グラニュー糖の甘い香りに反して厳しく張り詰めた空気。見学などさせてもらえる雰囲気ではない。

私は息を殺してその場から離れ、忍び足で客席のあるフロアへ向かう。

カフェ『レギューム』はケーキの販売と卸をメインにしているので客席は少なく、カウンター五席とふたり掛けテーブルが三つしかない。温かみのある白い塗り壁は吊り下げライトのオレンジの光でクリーム色に見える。黒っぽい木のテーブルや椅子はオーダーメイドだそうだ。今日は店の真ん中に料理撮影用に白い布で囲われたテーブルが用意されている。

スタンド付きの照明やパソコンをチェックしているのは、カメラマンの男性とライターの女性だ。赤井と太一は店のエントランスに一番近いカウンター席のところで立ち話をしている。姫子は出かけていて不在だった。

「どうやった？」と太一が音にはせず口の動きだけで聞いてくる。

とても厨房には入れません。

私も無言で首を横に振る。

取材内容は野菜を使ったデザート特集だ。梅川ミドリと太一のデザートのレシピと写真、ふたりの対談も一緒に掲載するという。太一が作ったナスのコンポートは事前に撮影済みだった。ミドリは今トマトのジュレを使ったレアチーズケーキを作っていて、それを冷やし固める間に対談をする手はずになっている。

私と赤井が店に着いたときにはすでにミドリの調理は始まっていた。調理風景は最初に数枚撮ったそうだ。ライターの話では、作業中のミドリはいつもピリピリしていて声をかけづらいらしい。私と赤井もまだミドリに挨拶ができていなかった。

「赤井先生、もうちょっと早く来ていただけていたら」

ライターの女性が頬を膨らませて恨めしそうに言う。『先生』と赤井が呼ばれたところで私と太一は目を合わせて笑いをこらえた。取材する人たちにとって赤井は、野菜ソムリエの赤井先生なのだ。

女性はライター歴五年ということなので、おそらく二十五歳は越えている。若草色のカットソーとモノトーンチェックのサロペットがかわいらしい。私よりも小柄で、見た目は私と年齢が変わらないくらいに見えた。

「すみません、農業の方の仕事が押しまして」

赤井が白い歯をのぞかせて歯磨き粉のCMタレントみたいに笑うので、私は耐えきれなくて噴き出した。ライターの女性がきょとんとして私を見つめる。

「汚いな」

赤井が私の頭に軽く手を置く。

猫をかぶれと言ったものの、赤井の動作がいちいちソフトで気持ち悪い。通常なら平手で叩かれるかデコピンだ。赤井がこんな風に器用に自分のキャラクターを変えられるとは。

「赤井先生ったら、前にお会いしたときにはアシスタントさんは当分要らないっておっしゃってたのに、こんなに若い女性を雇うことにされたんですね。……もし雇うとしたら体力がある男の人じゃないとってうかがってましたし」

赤井はカメラマンとライターに私をアシスタントとして紹介している。赤井の仕事は農作業が中心なので、アシスタントに料理研究家の方の仕事を見学させたいと説明した。

「これが意外と体力があるんですよ、こいつ」

「ええ、モモちゃんは本当に根性もあります」

太一が赤井に同調してうなずく。ライターは私に社交辞令的に微笑みを向ける。小さく首を前に折りながら、私は彼女に歓迎されてないことを感じ取った。

二年前に『レギューム』がオープンしたときの取材で、このライターは店のオーナーを太一ではなく赤井の名前で紹介してしまうという大きなミスをしたらしい。太一と姫子は店を出す前、ともにホテルのレストランでパティシエとして働いてきた。ふたりとも専門は菓子なので、ランチのメニュー開発を赤井に相談している。どういうわけかその話を取り違えて、赤井がオーナーで店を任されているのが太一夫妻だと勘違いしてしまったという。ライターの女性は詫びの念も込めて、積極的にレギュームを宣伝しているようだ。今回の料理研究家とカフェオーナーの対談も自分が企画案を出して、レギュームを推薦したと熱く語っていた。

「申し訳ないんですけど、本日はアシスタントさんには赤井先生からなるべく離れておいていただきたいんです」

ライターの女性が顔の前で両手を合わせ、拝むように私と赤井の前に立つ。

「レギュームさんにはお伝えしたんですが、ミドリ先生お気に入りのカメラマンがどうしても別の取材に出なければいけなくて、今日は来られなくなったんです」

カメラを抱えた小太りの中年カメラマンが照明機材の隙間から顔を見せ、来られないカメラマンの代わりに面目なさそうに薄い頭をかく。

それでなぜ私と赤井が離れている必要があるのか。

「ミドリ先生はものすごい面食いなんです」

声を潜められた言葉に私はすべてを承知した。

なるほど、そういうこと。

整えられた赤井の髪を眺めて、私は静かに横移動して赤井から離れた。赤井は見学者兼ミドリ先生の癒し係ということか。

梅川ミドリの取材には見栄えのする若い男を同行させるのがお決まりだそうだ。取材班に泣きつかれて太一が赤井を誘った。

私は本当に赤井のオマケだった。

4

果たして、厨房でアシスタントの女の子を怒鳴り散らしていたミドリは、フロアへ出てきて満面の笑みで赤井と挨拶を交わし、始終機嫌よく対談は無事に終わった。

ミドリはたくさんの食の資格を持っていて知識が豊富だ。調理道具へのこだわりも強い。料理研究家として日々料理に向かっていると自然にいろんな食材や道具についてもっと知りたくなって、もっと勉強したくなってくるのだという。マスカラで睫毛の強調されたキラキラした目で語る。料理に対する情熱と赤井に対するアピールが圧倒されるほど伝わってきた。

せっかくの機会なので料理研究家という仕事についてミドリに質問してみたいという

気もするが、ミドリが赤井から離れないので近づけない。ライターの目もあるし、私はフロアに自分の居場所を見つけられず厨房へのがれた。

片づけ中のミドリのアシスタントがシンクの前で思い切りあくびをしたところだった。慌てて口を閉じ、「失礼しました」と言い、相手が私だと気づいて「なんだ」という顔をした。

「赤井先生のアシスタントさん？」

「……はい、あの、青田と言います。よろしくお願いします」

私が頭を下げると、ミドリのアシスタントは鍋を洗いながら「中島(なかじま)でーす」とけだるげに言った。何かスポーツをしていた人なのか、肩のがっちりした体格のいい人だ。さっきはずっと腰を曲げて頭を下げていたので気づかなかった。年齢は二十代後半くらいだろうか。丸顔でやや下がり気味な目が幼く見えるが表情は硬い。

「ねぇ、青田さんだっけ？　赤井先生ってどんな感じ？」

「え？　……どんなというと？」

「さっき、見てたでしょ、うちの先生は、本当はあんな感じなの。テレビに出てるときと違って、ヒステリックで」

「ああ……、赤井さんは男の人ですし……ああいう感じではないですけど、……き、厳しいことは厳しい、です」

赤井の場合は厳しいのとはちょっと違うと思うけれど、説明は難しい。

「厳しいの？　あんな物静かな感じなのに？」

「物静か？」

両眉が上がりかける。

「違うの？」と突っ込まれ、「ああ、そう見えるかもしれません」と同調しておく。

「やっぱりどこの先生も裏表あるのか。でも、赤井先生だったらいいな。むしろ叱られたい。うちの先生は叱るっていうか、ストレス発散のために怒鳴ってる。八つ当たりよ。テレビに雑誌にお教室、先生は仕事失うのが怖くて、取れる仕事はどんどん詰め込んでいっぱいいっぱいでさ。レシピがそんなにいくつも湧き出るように浮かぶわけがないじゃない。しわ寄せが下で働く人間に回ってくる。私の他にふたりアシスタントがいるんだけど、みんなでレシピのアイデア出して、材料手配して準備、調理アシストして、片づけ、毎日長時間労働よ。『勉強させてあげてるんだから』って先生、アシスタントのサービス残業は当たり前だと思ってる。私が入る前にいた人は精神的に病んじゃって辞めたらしいし、私だってこのままじゃ倒れるわ」

中島が小声で愚痴る。

「中島さんは、調理師専門学校を出られてるんですか？」

「ええ、卒業して最初はホテルのレストランの厨房に入って五年働いて、梅田のカフェに二年、先生のアシスタント六か月」

「すごいですね」

若いときに自分の目指す方向が決まっていたことに、素直に尊敬する。

「はあ？　何もすごくないわっ」

中島は低い声で吐き捨てるような言い方をした。私の言葉が嫌味に感じたのだろうか。私にしたら羨ましいほど中島はたくさん料理の経験を積んでいる。けれどそんな彼女でも求めるところまで到達できていない。キャリアがあるのに何が足りないのか。五年プラス二年プラス六か月、私は暗算して中島が赤井と年齢が同じくらいだと気づく。

「赤井先生ってさ、かっこいいねー。思ったより背が高くて驚いた。二十七歳だっけ？　独身でしょ？　前に一回だけテレビで見たことあったけど、本物はもっといいね。さっきちらっと見ちゃった。ちょっとくらい厳しくても赤井先生だったら我慢できそう。赤井先生、青田さんの他はアシスタント募集してない？　……ていうか、青田さん若いよね？　いくつ？」

「二十歳です」

「え？　あ、高卒？　専門学校？」

「いえ、大学に……」

「大学生？　あ、なんだ、青田さんって学生バイトなの？　ああ、そっか、今夏休みだから先生のスケジュールに合わせられるんだ。……じゃあさ、青田さんはずっと赤井先生のところにいるわけじゃないのね。休みが終わったらいなくなる」

「え？」

「だって学生のバイトなら、働ける時間限られるよね？　バイトを何人か雇ってつないでる先生もいるけど、フルで入れるアシスタントがいた方がやっぱり都合いいと思うんだよね。スケジュール管理とか。それなら、赤井先生ってまだちゃんとしたアシスタントいないんでしょう？　なんだ、ラッキー。先生のお宅ってどの辺り？　アトリエがあるの？　青田さんの家は近い？」

赤井家に居候して農業しているとは言えない。次から次へと繰り出される中島の質問のどれにも答えられなかった。

「そうか、駅から遠ければ私が引っ越せばいいいか」

中島が小さく手を打つ。

頭の整理が追いつかないけれど、嫌な方向に話が向かっている気配はわかる。後ろに下げた私の踵がステンレスの食器棚に当たった。

「ねぇ、青田さんがいなくなったら私のことアシスタントにしてくれるように赤井先生にお願いしてよ」

中島は名案を思いついたと表情を輝かせる。洗い上げた鍋を伏せてシンク隣の作業台に置いて、エプロンで手を拭く。

夏休みが終わったらいなくなるのか、私は。

ズンと胸に来た。

嫌だ。

「赤井さんは……アシスタントは募集しないと思います。テレビとか雑誌はあまり出たくないって言ってますし」

だって、赤井は農家だ。

「えー、もったいない、赤井先生。サポートできる体制がないだけじゃない？　私やりたい、赤井先生のアシスタント。絶対今よりもっと人気が出るわ。青田さんの連絡先教えといてよ。私が移りたいこと梅川先生にバレると厄介だから、今は直接赤井先生に相談に行きにくいし、青田さんから赤井先生に私のこと言っておいて。えーと、私、携帯どこに置いたかな……」

中島が厨房の奥の倉庫へ荷物を取りに行く。強引なタイプのようだ。私は中島から逃げ出すように出口へ体を向ける。ちょうど太一が厨房に入ってくるところだった。安堵して密かにため息をつく。太一は微笑みかけた顔を曇らせ、「モモちゃん調子悪い？」と私の顔をのぞき込んでくる。

「いえ、大丈夫です」

慌てて首を振った。

「そっか、もう梅川先生も帰らはるし……ごめんね、せっかく来てもらったのに。ぜんぜん参考にならんかったやろ」

耳元で太一が囁き、眉を八の字に下げて痛みを抑えるような顔をした。なんだか太一の優しい声だけで泣きそうになる。私は視線だけで「いいえ」と返し、太一とすれ違ってフロアへ出た。「中島さん、そろそろ片づけ終わる？」という太一の声が厨房の中から聞こえてくる。

赤井は相変わらず、ミドリとライターの女性に捕まっていた。私は仕方なくカメラの機材を片づけているカメラマンに寄って、パソコンの画像に目を落とす。デザートや対談風景の画像の最後になぜかぎこちない笑顔の赤井に寄り添うミドリの姿があった。

「ああ、そうだ、赤井さん、明後日、私のお誕生日会にぜひいらして」

ミドリが赤井の袖を摑んで甘えた声を出した。

「明後日ですか……僕には畑の仕事もありますし、残念ですけど……」

僕？　あの俺様が、僕。

「夕方にちょっとだけでも。ね、いらして。オープンキッチンのレストランを貸し切って、みんなでお料理して食べて飲んで楽しむ会なんです。私の料理教室の生徒さんとか、マスコミの方なんかもたくさん来られます。いいお酒もたくさん開ける予定ですよ。絶対に楽しんでいただけると思うし、赤井さん素敵だからみなさんが喜ぶ。そこでナスのお料理、主婦がさっと作れるような簡単なもので結構ですから作ってくださらない？」

「うわあ、いいなぁ」とライターが芝居がかった言い方をする。

「料理するんでしたら、アシスタントの青田も連れて行きます」

赤井が私を指さす。ミドリとライターの視線が同時に刺さる。こういうところ、赤井は女性の気持ちが本当にわかっていない。私の立場っていうものも。

「青田の勉強にもなるでしょうし。青田は僕より酒もいけます。僕は酒もダメで、そういう場にいてもまったく面白みのない人間なんですよ」

赤井の愛想笑いも限界の様子で、笑っているように固定された目が据わっている。私の方に向かって歩く赤井をミドリが追いかけて来た。

「赤井さん、お酒をお飲みにならないの？」

そういうミドリの向こうに中島が姿を現す。厨房の片づけが終わったのだろう。ゾンビでも発見してしまった気分で、私は中島から目を逸らす。中島に話しかけられる状況は避けたい。赤井に近づいてはいけないと思いながら、隠れるように赤井に寄り添ってしまう。

「アルコールアレルギー？」とミドリが赤井を見上げる。

「いえ、アレルギーではないんですけど。体質ですかね、ちょっとでもアルコールが入ると足腰立たなくなってしまって」

赤井が首に手を当て申し訳なさそうにはにかむ。

「あら、そう聞くと酔わせてみたくなっちゃうわ」

ふふふと笑うミドリが怖すぎる。赤井の口元は笑っているのではなくヒクヒクと引きつっていた。

5

取材がすべて終わったのは午後七時半すぎだった。日が落ちたところで辺りは薄暗く、駅から流れ出てくる人の姿が影絵のように動く。

カフェ『レギューム』の前の歩道で梅川ミドリと中島を見送った。中島は近くのコインパーキングに車を止めていたようだ。ミドリは他人のキッチンにある道具はなるべく使わないようにしているらしく、いつもアシスタントが運べる限りの料理道具を持って移動するという。

中島の車で家まで送っていきましょうかとミドリに声をかけられ、自分も車で来ているからと赤井が嘘をついた。

「疲れたな」

中島の運転する車が見えなくなって、赤井が私の頭に肘を載せてもたれかかってきた。

「疲れました、とても」

私は赤井の肘に触れそっと頭から降ろさせる。

「……明後日の梅川さんのパーティーの話、赤井さんが引き受けると思わなかったです。いつもなら嫌だってはっきり言うでしょう？　どうしてですか？」

「別に。たまには外で料理するのも悪くないと思っただけだ。それに、そういう食の仕事がもともとお前のやりたがってることだろうが」

「私の？」

「違うのか？　まあ、テレビ出演じゃねえけど。……農家じゃなくて、そういうのを俺に期待してたんだろ？」

「私は……」

言葉が紡げなくて黙ってしまう。たしかにそのとおりだ。それなのに、今はなぜかミドリのパーティーの出席を受けた赤井のことを恨めしく思う自分がいる。

赤井は背中のメッセンジャーバッグを前に引っ張って、中からスマホを取り出した。

「飯でも食って帰るか。と言っても、この辺店があんまりないんだよな」

赤井がスマホを操作する。

歩道橋の下を風が通り抜けた。真夏の熱風とは違う、涼しさを感じる風だった。赤井のシャツの襟が風に揺れる。

「お、いい風が吹いてる。秋が近づいてる感じが少しはするな」

『休みが終わったらいなくなる』

中島に言われたことが忘れられない。

幸太郎の腰も治った。赤井家では私はもう用済みだろう。私にしたって本気で食の仕事を考えるならバイトでも調理の仕事を始めた方がいい。もしかしたら赤井は、私が農業の手伝いをしたご褒美として、最後に私の希望していた食の仕事を見せようとしているのだろうか。

　たった一組の料理研究家とアシスタントの関係を見ただけで、私の食のスペシャリストへの憧れは揺らいでいた。見えるところ以外の苦労は当然ある。理想と現実とはこんなものか。見た目が美しく整えられている料理を口にしてみたら、砂糖と塩を入れ間違えていたものだった、そんな感覚だ。

　なんて脆弱な夢だ。自分が情けない。

　情けなさと同じくらい強く感じている、この切なさはなんだ。

「青モモ、どうした？」

　背筋を大きな手のひらでなぞられ、うつむいていた顎を起こす。

　そのとき歩道沿いに止まった車がプッと短いクラクションを鳴らした。

「赤井くーん、青田さーん」

　見知った銀の自動車、運転席から城山が手を振っている。

「お、シロ、なんだ、こんなとこで」

　赤井が腰をかがめ助手席の窓をのぞく。

「うちの奥さんがもうすぐ電車から降りてくるから迎えに来た。赤井君、どうしたん？　なんかいつもに増してかっこええね、髪もさっぱり切って。……ふたりはデート？」

「バーカ、そんないいもんじゃねえよ」

「なんや違うん？」

はははと笑って、城山は「帰るんなら一緒に乗っていく？」と聞いてくれた。

赤井が「どうする？」と私を振り返る。

「乗せてもらうか？　お前疲れてるみたいだし」

私は素直にうなずく。赤井とふたりきりでは「いつまで赤井家にいられるのか？」という不安に締めつけられそうだ。

「じゃ、シロ、頼むわ」

赤井はデミオの後部座席に乗り込み、私も続いた。

「ああ、ごめんね、シートの荷物適当に避けてね」

赤井が持ち上げた白いビニール袋を見て城山が言う。

「なんだ、これ賀茂ナスか」

「うん。知り合いにもらったんや。ようけあるやろ？　赤井君いくつかいる？　って、ナスは要らへんか」

失敗したというように城山が首をすくめる。

「いや、ふたつもらってもいいか？」

赤井はヨーヨーつりの水風船のような丸いナスを手のひらに載せた。その反応が意外に思えて私は思わず城山と顔を見合わせた。城山は目だけで私に同意して、「どうぞ、どうぞ。持ってって」とハンドルの方へ向き直る。

「シロ、よかったな。奥さんこっち来て。ミノルは？」

赤井はルームミラーで城山と目を合わせている。

「とりあえず、夏休みが終わったら、九月からこっちの公立小学校に入る。中学受験用の塾にはもう行き始めたんやで。友達いないから、かえって受験勉強に集中できるって言うてるわ」

夏休みが終わったら。

私は息をのんだ。

「生意気だな、ミノルのくせに。だけど、両親一緒にいてくれて安心してるんだろ」

「おかげさまで。実は二人目が奥さんのお腹にいてるのがわかってね。ちょうどよかった」

「は？　なんだお前、精神的にグダグダなのに子作りとかできたのか？　ぜんぜん元気じゃねえか」

赤井の声が素っ頓狂に裏返る。

「恥ずかしいなあ、そやけど、そういうことなんかなあ」

　城山が首をひねって後ろを見た。

「青田さん調子が悪いん？　元気ないね」

「いえ、ちょっと疲れてて」

「そうなん？　青田さんももうすぐ夏休みが終わるんやない？　京都市内だっけ？　マンションに帰っちゃうんかな」

「……ああ、そうか、青モモもそろそろ学校か。いつから始まるんだ？」

　躊躇して口に出せなかった話が始まってしまった。赤井は本当にさらっと聞いてくる。

「授業は九月十日くらいからですけど、……学校には五日から行く予定があります」

「ふーん、早稲（わせ）の稲刈り前だな」

「早稲？」

「収穫が早い種類の米のことだ。うちは早稲と晩稲（おくて）の二種類作ってる。九月の十五日くらい、早稲の稲刈りが済んだらそこを畑に作り替えて冬野菜を作る」

「じゃあブロッコリーを畑に移すのは九月なんですね」

　ブロッコリーのセルトレイは勝手口近くの日当たりのいい場所に置かれている。トレイには寒冷紗が掛けてあって、それをめくると温かな土の香りがふっと上がった。今朝水をやったときに見たら、黄緑色の本葉が顔を出し始めていた。ハート形の双葉は小さいながら緑を濃くし本葉を力強く支える。苗は赤ちゃんみたいにかわいくて、日々大きくなるのが楽しみだ。

植物を育てる喜びなんて大げさだと思っていた。それがこんなに愛しく感じるようになるなんて。

ブロッコリーの収穫の頃には私はここにいない。ナスだってまだたくさん実が生るのに。

6

赤井家に帰ると、幸太郎が残り物のおかずを突きながら、リビングで日本酒を飲んでいた。

「じいちゃん、田楽作るけど、食うか？」

赤井が幸太郎に見せたのはふたつの賀茂ナスだ。

「なんやお前たち外で食べてきたんちゃうんか」

ソファの背もたれ越しに幸太郎がキッチンの方へ振りむく。

「やめた。俺が作った方が美味いし。そうだ、青モモは賀茂ナス食ったことあるか？」

「いえ、ないです」

ダイニングテーブルの椅子に荷物を置いて、私は丸いナスをひとつ赤井から受け取る。

「うちのナスと違って高級だからな」

賀茂ナスは京都府内のスーパーだって常時置いている商品ではない。見かけることはあっても陳列棚の上の方に柔らかなネットに包まれて置かれていたりする。

赤井は手のひらの上で賀茂ナスを転がし、作業台へ向かう。

正直なところ、やっぱり外で何か食べてくれればよかったと私は密かに後悔していたところだった。せっかく普段使わない野菜が手に入ったというのに、疲れていて料理をしたい気持ちになれない。ひとり暮らしの部屋だったら、帰るなり何も食べず横になっていたと思う。私は着替えもしないで、のそのそと赤井の隣に並ぶ。

赤井はシステムキッチンの作業スペースに置いてあった赤井家のナス三本と賀茂ナスを洗った。

賀茂ナスを食べるのに、いつものナスまで使うのか。

ぼんやり赤井の手元を見ていると、

「味噌、赤白両方出せ」

とそっけなく指示される。私は慌てて手を洗って、勝手知ったる赤井家の冷蔵庫から西京味噌と八丁味噌の入った容器を取り出した。

赤井は雪平鍋にそれぞれの味噌と砂糖、みりんと酒、練りゴマなどを放り込む。

「混ぜろ」

言われるまま私は木ベラでそれを練り合わせる。

赤井は続いて赤井家のナス、千両二号を手に取った。千両二号の表面、縦に数か所包丁を入れてから、ガクの下にくるりと一周包丁の刃を動かす。そして深型の魚焼きのグリルにそのナスを三つ並べ焼き始める。それから天ぷら鍋に油を注ぎ火にかけた。私が練り混ぜた味噌もコンロに運ばれる。赤井が味噌の鍋の中を指さしてくるりと円を描く。混ぜておけということだろう。

丸い賀茂ナスはヘタとお尻の部分を落とされ真っぷたつに切られた。赤井は半分にした賀茂ナスの片方だけ皮をむく。半分にした切り口を菜箸でさして数か所に穴をあける。赤井がその作業をしている間に天ぷら鍋の油の熱気が上がってきた。私の鍋の味噌も滑らかになっている。

「濡れ布巾の上に持ってって味噌が照るまでさらに混ぜる」

赤井の指示で私は味噌の鍋をコンロ横の作業台に移し赤井と場所を交代した。

ジュワッと音を立ててナスが油に飛び込んだ。ピチピチと小さな気泡が歓迎するようにナスを取り囲む。

「あんまりお腹すいてなかったのに……食欲が出てくる音ですね」

「腹減ってなかったのか？」

「はい。なんか疲れ過ぎて」

「しょうがねえな、見学してただけのくせに」

「すみません」

「ナスの料理だけじゃ飯になんねえから、ササミと梅干で冷製パスタにするか。青モモ、味噌を置いてパスタ用の鍋で湯を沸かせ」

すっかり赤井のペースに乗せられて、私はお湯の他に赤井が使いそうな食材をそろえて作業台に運ぶ。

赤井は賀茂ナスを油から上げ、グリルから出した千両二号の皮を竹串で素早くめくった。香ばしく焼けた皮の下、黄色味を帯びた内側の実から湯気が上がる。

「揚げた賀茂ナスは味噌、うちのナスは焼いておかか醤油。一皿じいちゃんに持って行ってやれ」

赤井は長い楕円の白い皿にふたつのナスの料理を離して盛った。私はそれをリビングの幸太郎のテーブルに運ぶ。幸太郎が賀茂ナスの田楽についてどんな感想を言うのか、自身の作ったナスと比べてどう違うと思うのか、気になった。

「おお、これこれ」

幸太郎は千両二号の方に先に箸をつけた。

「焼きナスのおかか醤油がわしは一番好きや」

いつも食べているのに。

呆れながらも私は、そんな幸太郎の姿に安心する。特別なことを追いかけなくても、日常に幸福を感じることはできると実感できた。一刻も早く眠りたいと思っていたほどの疲れは薄れ、なぜか目頭が熱くなった。私は慌てて立ち上がりキッチンへ戻る。

「赤井さん、やっぱりナスの種類ごとに料理って変わりますか？」

パスタを仕上げている赤井に寄ると梅干しが爽やかに香った。

「そりゃそうだろ」

赤井は茹でたササミを裂きながら返事する。私は横から手を出してその作業を赤井から引き継ぐ。

「じゃあ、賀茂ナスは千両二号より田楽に向いてるってことですか？」

「賀茂ナスみたいな丸ナスの種類は油と特に相性がいい。弾力があって実が柔らかくなりすぎない。皮が柔らかくて変色しにくい山科なすは漬物や煮物に向くけど、油を使って火を入れる料理なんかにはわざわざ使わない。繊細な実が溶けてなくなる。うちの千両二号はその両方に使える万能選手だけど、こういう田楽にするのは賀茂ナスの方が俺は好きだ。油になじむけど負けない食感がある。揚げないで焼く場合はまた違うけどな」

仕上げてあった賀茂ナスの田楽を菜箸で一口大に切り分けて、赤井は自分の口に運ぶ。ハフハフと口から湯気を漏らし、「食ってみ」と私に菜箸を渡す。赤井が切り取ったナスの端から田楽味噌がとろりと皿にこぼれた。私は菜箸で切り取ったナスの欠片にその味噌もすくい取って口へ運ぶ。柔らかいだけでなく繊細に実が詰まった弾力がある。

「美味いか」と聞かれ、口をもぐもぐ動かしながら何度も首を縦に振った。

「味噌は赤と白を分けて作ってもいいが、俺はこれが気に入ってる」

「おいひいれす」

「千両二号はいろんな料理に幅広く使えるように改良された品種だ。オールマイティは魅力だよな。でも、ほら、他にもいろんなナスがある。長なすとか、サラダナスとか、ゼブラナス、白ナス、サファイヤナスなんていうのもあるな。他には……」

「ナスって、そんなにたくさん種類あるんですか」

「あるある。日本国内だけでも、もっとある。それぞれの品種に、甘みがあるとか、アクが少ないとか、形がそろいやすかったり、歯ごたえがしっかりしたものだったり、生で食えたり、特徴がある。料理方法に合わせたナスを選べたら一番美味いに決まってるよな。野菜ソムリエの資格を仕事で活かすんなら、そういうとこだろう。それぞれの野菜の種類の特徴を理解して、持ち味を最大限に活かしてもらえるように消費者を導いてやる。野菜を作ってる方は、美味いって思ってもらえりゃいいんだ。みんな自分の作ったものは最高だって思って出荷してるだろうし」

「そうですね、そうですよね」

野菜それぞれに向いた食べ方を生産者自身が伝えるには限度がある。正しく広められる人間が必要だ。

絡んで見失っていた糸の先が見えた気がして、私は思わず赤井の肘に触れた。赤井が一瞬視線を私の方へ動かしたので、私はとっさに手を引っ込める。

「パスタ仕上げて食うぞ」

赤井がぶっきら棒に言った。

7

午後の出荷を済ませ、私と赤井は四時過ぎに電車に乗った。梅川ミドリのパーティーに出席するためだ。車内は年配のご婦人の集まりや若いカップル、親子連れ、空いてはいないが土曜日らしくのんびりしている。

今日の赤井は白いシャツにオリーブ色のチノパン、革の靴を履いてワンショルダーのボディバッグを肩に掛けていた。ボックスシートの並ぶ通路には入らず、ナスをひと箱括りつけたスチール製のキャリーカートを乗車口近くの壁に寄せる。私は赤井の横に並んで立ち、乗降口に近い手すりを摑む。

私も綿の白いシャツを着て細身の黒いパンツを合わせた。大判の青いトートバッグの中には黒いカフェエプロンが入っている。これをつければカフェ店員風にはなるだろう。

「ちゃんと練習しなくてよかったんでしょうか」

差し込む光に指紋が浮き上がる窓ガラスを眺めて私は赤井に問う。

「何を？」

「私のアシスタントとしての仕事を、ですよ。赤井さんがお料理を披露するときの」

「いつもどおりでいいだろ」

「いつもって……ご飯作ってるときに調味料出すくらいでしょう」

「それでいい。今日の料理なんて、お前、ナスを揚げてトマトをあえたドレッシングかけるだけだぞ。計量も要らん。お前はオリーブオイルと塩と胡椒を俺に渡すだけ」

「それ、私要ります?」

「俺だって要らんくらいだ。目新しいことは何もしないからな」

食材と調理法は考えれば無限に増えるわけでもない。レシピもそれを紹介する人も方法もすでにたくさん世に出ていて、まるっきり新しいものなんてそうそう現れないだろう。ミドリや中島たちが苦労するのはもっともだ。

「赤井さんはパーティーにいるだけで意味があるんですよ。たぶん、会場は女性だらけですし」

「子供イベントの着ぐるみと同じ役割だ」

「それも赤井さんのすごいところのひとつですよ」

「お前にナスの着ぐるみでも用意しておけばよかったかもな」

「ほんと、それがあるならその方がよかったです」

ミドリにも中島にも姿を見せたくない。ただ料理のアシスタントの作業というものにはやはり興味があるし、中島が赤井に接触することを警戒してしまう気持ちもある。着ぐるみを着て様子を見ていられるなら一番いい。

今日のこのイベントが終わったら、夏休み以降のことを赤井と話そうと思っている。野菜ソムリエとしての赤井を手伝えるのは最初で最後かもしれない。まずは今日のアシスタントをきちんと務めようと決めた。

「誕生日パーティーなんて、自分でやろうって言いだすのかな」

赤井が腕組みしてぐるりと首を回す。

「さあ……。交友関係の広そうな人ですから誰かが声を上げてくれるんですかねえ。赤井さんって誕生日いつなんですか？」

「冬。十二月三日。うちの仕事が一番暇になるから、その頃は毎年旅行に行く」

「おじいちゃんと？」

「んー、まあ、一緒に行ったり行かなかったり。じいちゃんもその時季、普段できないことをまとめてやってるから」

「お前は？」

「私ですか？　誕生日に旅行とかはあまり行かないですけど、親がプレゼントくれたり、自分でご褒美に何か買ったり……」

「違う、バカ。いつだ、誕生日」

「ああ、誕生日ですか、春です。五月三日。ゴールデンウイークなんで、友達に祝ってもらうこともあんまりないんです。出かけたらどこも混んでるし。月は違いますけど赤井さんも三日だし、忘れにくいですね」

電車の揺れでよろけ、私の肘が赤井の横腹をついてしまった。

「いてっ。もう忘れた」と赤井が腰を曲げる。

「あ、ああ、ごめんなさい。……そういえば、赤井さんは梅川さんへのプレゼント用意してるんですか？」

赤井のバッグはそんなに荷物が入っていそうではない。

「そんなもん要るのか？」

「そりゃあ、誕生日だって聞いてるんですし、手土産くらいはあった方が格好つくと思いますよ。地下鉄に乗り換える前にお花でも買いますか？」

「花か」

「無難でしょ。食べ物だと、こだわりある人だから選ぶのも気をつかうし、形が残る物は避けた方がいいと思います」

「だな」

私たちは電車を降りるとナスを引っ張って駅の地下街へ向かった。

スーツケースを引く旅行者も多いので、ナスの箱がそれほど大荷物というほどではない。けれど行き交う人の流れの中で邪魔なことは間違いなかった。花屋の手前でおばちゃんの群れが向かいから歩いてきて、それをやり過ごすために赤井とふたりで雑貨屋のウインドウに寄る。自然にガラス張りの店内をのぞく形になって、赤井が「これなんだ」と一番手前に見える商品を指さす。

「指輪にしちゃ太いよな」

直径三センチほどの淡いピンクのリングだ。水色の縁取りがされている。若い子向きの雑貨屋なのでおそらく土台は合金で、そんなに高価なものではないだろう。

「ヘアカフスですかね。かわいいですね、ピンクの濃淡が花に見える」

「なんだそりゃ」

「髪を縛ったときのゴムを隠すアクセサリーですよ。ほら、ここにある商品は全部ヘアアクセサリーです」

私は赤井が指した商品の隣のカチューシャやヘアピンに目を向けさせる。

「自分で見えないところなのにつけるんだな、そんなもん」

店の中にいた制服姿の高校生がウインドウの外から赤井がのぞいているのに気づいて、

商品に触れようとしていた手を引っ込めた。赤井は気づいていない様子でカフスをじっと観察している。私は女子高生に悪かったなと思いながらも赤井をそこから引き離すのを諦めた。

「髪が長かったらこうやって束ねた髪を横に持ってきて、耳の下にカフスが見えるようにつけたりもできますけどね」と右手を自分の頭の後ろに回して耳の左側の髪を右に流して両手で押さえて見せる。「私がそうするにはもう少し髪の長さが足りないから、後ろで縛るしかないですけど」

「後ろだと、つけてるところが自分では全く見えないな」

赤井が身をかがめて私の正面から顔を見てくる。

私たちの後ろを通り過ぎる若い女の人が横目で見ているのが目の端に入った。その人が慌てて目を逸らした様を不思議に思い、後ろを振り返る。通路の向かいの店のガラスに私と赤井のシルエットが映っていた。その形だけ見ると、まるで赤井が私にキスをしているように見える。あわわと驚いて私は雑貨屋のウインドウに背を向けた。

「服でも帽子でも身につけてる自分は常に見えてるわけじゃないでしょ。好みのもので似合うものを身につけていられるっていう気持ちが大事なんじゃないですか？　あわよくば、そういう自分をよく見てくれる人がいたらって、おしゃれするんじゃないんですかね」

「ふうん」

赤井は興味がなさそうに言った。

「赤井さん、お花屋さん行きましょう」

雑貨屋のウインドウを離れ、人の流れに沿って花屋へ進む。花屋の中は足元が狭くナスの箱を持って入れなかった。

「俺、花は菜の花くらいしかわかんねえから」

赤井は一万円札を私に渡して、「適当になんか選んで来い」とナスの箱と一緒に店の入り口横の壁にもたれる。

「私もお花なんてあんまりわかんないですよ」

折りたたんだ一万円札をパンツのポケットにしまい、赤井を残して店の奥へ入った。

8

「赤井さん、いらしてくださってうれしいわ。皆さんにご紹介しますから、さあ、奥へ」

赤井がレストランに入るなり梅川ミドリが駆け寄ってきた。赤井のシャツの袖を握ってどんどん私から赤井を引き離して行ってしまう。赤井はミドリに引かれるままに歩き、抱えた花束の隙間から私に向かってこっそり舌を出して見せた。

　レストランホールの中央に到達した辺りで、

「みなさん見て、きれいなお花。赤井さんが持ってきてくださったの」

という ミドリの大げさな声と周囲の歓声や拍手が聞こえる。

　会場のレストランはビルの二階にあり、エレベーターに乗り込むときに赤井と私は荷物の交換をした。つまり、私がナスのキャリーカートを、赤井が花束を持ってエレベーターを降りた。ここへ来るまでの道中、赤井が花束を持って歩くのを嫌がったからだ。大きな花束を持っているとすれ違う多くの人が振り返る。それを手にしているのが高身長の美形男子ならば、なおさら目立つ。

「モデル?」「知ってる?」「知らない」「でもどっかで見たことない?」「あるような気がする」「あれじゃない? 名前なんだっけ」「あ、なんとかって言うメンズ雑誌の」「きっとそう」「聞いてみる?」 勘違いした囁きが耳に入って身の置き所がない。

「お前バカか。派手すぎるだろう、この花」

　花屋の店先で赤井が私に花束をつき返した。

「私に任せるって言ったの、赤井さんですよ」

「それにしたって」

「お色味はどんな感じにいたしましょうかって聞かれたから、赤系で豪華にしてくださいって言っただけです。赤井さんの花だから」

「お前ねえ。持ち歩くことを考えろよ。責任取ってお前が持て」

「梅川さんは赤井さんから渡してもらいたいんですよ」

男の人に花束をもらうなら、大げさなぐらいなものの方がミドリは喜ぶのではないかと思った。

それにほら、思ったとおりではないか。

ミドリの教室関係者は、若い子から年配の人まで年齢層さまざまな女性の集まりだった。会場にいる男の人といえば、レストランスタッフと料理教室の生徒の家族が数名だ。その中で赤井の存在は際立つ。まるで異世界から来た王子様だ。赤井の隣で花束を抱えているミドリは幸せそうに笑っている。赤い花束はミドリのノースリーブの黒いロングドレスにも映える。これは偶然だけど。

レストランは天上が高く、映像を投影できる白い壁には無駄な飾りがない。結婚式の二次会でもよく使われるというだけあって広かった。ビュッフェスタイルの料理なら百人くらい入っても大丈夫だろう。今日の参加者はその半分くらいか。正面よりやや奥に大きなオープンキッチンがあった。コックコートを着た店のスタッフに混じってエプロン姿の女性がキッチンの中にちらほら見える。ミドリのアシスタントや料理教室の生徒だろう。

キッチンの前の料理テーブルにはすでにたくさんの大皿料理が並んでいる。

私もエプロンをつけて手伝った方がいいのか。荷物を置くところさえわからなくて、私はナスとバッグを持ったまま入り口付近に立ちっぱなしだ。赤井はまだ会場の中心部の集団の中にいる。女性たちに囲まれても頭ふたつ分くらい上にひょっこりと出ているのですぐに見つけられた。表情までは見えないが、口の辺りに手を置いているのはわかる。あくびでも我慢しているに違いない。

「野菜ソムリエの赤井さんがいらしてくださいました。急にお誘いしたのに、お忙しいところを駆けつけてくださって。赤井さんはおナスを作っておられる農家さんでもいらっしゃいますので、後ほどおナスのお料理を紹介していただきたいと思います」

マイクを通したミドリの声が響いた。

ミドリのアナウンスで赤井の存在を知ったスーツ姿の女の人が赤井に近づく。名刺のようなものを渡して頭を下げている。雑誌か何かの取材の人かもしれない。カメラを提げた男の人を呼んで三人で話し始めた。

赤井は華やかな場所でも見劣りすることはない。そこにいるのは野菜ソムリエの赤井先生だ。誇らしい気持ちの片隅に寂しさも感じる。

赤井が遠い気がした。


スタッフ控室として用意されていたのはメイン会場と同じフロアにある別の個室だ。結婚式の二次会では新郎新婦の待機場所になる部屋で、二十畳ほどの広さがある。ソファや姿見、貴重品を入れられるダイヤル式のロッカーなどがついていた。ミドリやそのアシスタントたちのものと思われる荷物がいくつか置いてある。

「赤井さん、私三角巾とかしなくていいですかねえ。髪をまとめておくだけで」

私は姿見を見ながら髪を括る。着ていた服の上に黒いエプロンをつけただけなので、支度は簡単だった。

「いいだろ。あっちのアシスタントも三角巾なんて巻いてなかった。しかし、三人もアシスタントいるんだな、あのおばさん」

「赤井さん、声が大きいです」

人差し指を口の前に立てて注意する。私と同じように黒いカフェエプロンをつけた赤井も鏡の方にやってきた。

赤井も一応身だしなみチェックをするのか。

鏡の前を譲ろうと振り返ると、

「これ、どうやってつけるんだ」

と右手の拳を見せられる。

「これって？」

私は赤井の握られた拳に両手で触れた。手のひらの方を上に向けさせ閉じた指を開くと、中からファンシーなイラストの描かれた紙の包みが出てくる。

「なんですか？　赤井さんかわいいですね」

くすくすと笑って、赤井の手の上にそれを載せたまま包みを見る。小さな紙の袋にテープで留めてあるだけの簡単な包装だ。

「早く開けろ」

赤井がさらに私の方へ手を差し向けて急かす。「はいはい」と取り上げ、テープをはがして袋の中身をのぞく。

「あ……」

袋の中を二度見直してから赤井を見上げる。高速の瞬きをしてしまう。

「つけ方わかるのか？」

「赤井さんに？」

「アホ。俺じゃない、お前だろ。そんなもん俺のどこにつけるんだ」

私の手の中にあるのは、ピンクと水色、二色づかいのリング。さっき駅の地下街で見たヘアカフスだった。

「あれ、買ったんですか？」

「めちゃくちゃ安かったぞ。おもちゃか？」

「おもちゃじゃないです。えっと……私に？　私に買ってくれたんですか？」

「俺には必要ないからな」

「いや、あの……あ、ありがとうございます」

「ああ。つけて見せろ」

赤井は腰に手を当てて私の髪を見下ろしている。赤井と姿見の間に立って、私は括っていた髪をほどきヘアカフスについているヘアゴムで縛り直す。私の手の動きに合わせて赤井が首の角度を変えるのが姿見で確認できる。

「これで、リングを開けて縛ったところにかぶせます」

「ふーん、なるほど。そこが開くのか」

赤井が感心した様子で髪に顔を近づける。

「はい。どうですか？　私は自分では見えないんですけど」

後ろを見ようと首をひねる。赤井から感想はない。赤井はただ二回首を縦に振った。

「赤井さん……なんで買ってくれたんですか？」

誕生日でもないのに。

「なんでって、別に。……うれしくないのか」

「いえっ、そんな、うれしいです。うれしいに決まってます。ありがとうございます。なんか、驚いて」

「そうか。……それ、青に桃色だからな」

素っ気ない言い方に少し照れが混じった。目が合う瞬間に鏡から顔を背けられ、白いシャツの背中がこちらに向けられる。

私の心臓は摑まれた。本当にキュンとした。自分の心臓が鳴る音が聞こえたような気がするくらい。

なんだ、バカ、普通に男前だよ、赤井さん。

うれしさの反動で不安になる。

なぜなら、『別れの品』という言葉が私の脳にちらついていたから。

トントントンと外からドアをノックする音がして、私と赤井は同時に出入り口を見た。

「赤井先生、キッチンの使い方を説明させていただきますので、フロアにいらしていただきたいんですけど」

顔を見せたのは、私が今日もっとも会いたくなかった相手、ミドリのアシスタントの中島だった。赤井に自分のことを話しておいてくれと言われていた。私はまだ中島のことなど一言も赤井に伝えていない。まずいかなと中島の顔を盗み見る。中島は赤井の方しか見ていないので私とは目が合わない。前回会ったときには中島はコックコートと調理帽姿だったが、きょうは白いカットソーに『MIDORIKITCHEN』という白字が躍る緑色のエプロンをつけている。前回よりアイメイクとチークが濃い。

「赤井先生、先日はありがとうございました。あの、私」

中島が控室に一歩踏み込むと、

「ああ、もうキッチンに行きますよ」

と赤井がドアに向かう。

「梅川さんのアシスタントさんですね、一昨日お会いした。今日もよろしくお願いします」

赤井の常識的な挨拶にホッと一息ついた矢先に中島のきつい流し目にぶつかる。赤井の対応から、私がまだ赤井に中島のアシスタント希望の話をしていないことに気づいたようだ。

9

オープンキッチンの中にはもうレストランの調理スタッフは残っていなかった。レストランが用意する分の料理はキッチン前の料理カウンターにすべて並んだということだ。これからの時間はミドリの生徒やアシスタントがオープンキッチンで調理したり、家で用意してきた料理やデザートを披露する時間らしい。参加者はレストランの料理と教室関係者の料理それぞれを自由に食べて飲んで過ごす。赤井のナス料理講習はその間の余興のようなものだ。

梅川ミドリはキッチンから一番離れたところにある照明機材の下で写真を撮られていた。その辺りにはどこかの雑誌の取材スタッフが料理を囲むテーブルもある。ミドリは上機嫌で、一昨日見せたヒステリックな様子は微塵も感じさせない。主役の立場では赤井にべったりとくっついている暇はなさそうだ。

中島に先導されて赤井がオープンキッチンに入る。キッチンスペースは舞台のようにレストランフロアより一段高くなっていた。ビュッフェ料理を囲んで会食をしていた女性客たちはキッチンの中の赤井を気にし始める。

「背が高い人ですね」

若い女性が小声でつぶやいた感想に、「ねえ」と複数の高い声が賛同する。

「野菜ソムリエの赤井先生ですって」

「ああ、一度テレビで見たわ。イケメンだって紹介されてた」

「野菜ソムリエプロの方？　野菜ソムリエ資格なら私も持ってるけど」

潜められていた声が寄り集まって騒々しくなる。

「プロとはうかがってないけど、もともと農家さんで野菜には詳しいって」

「きれいな顔ね、農家さんには見えないわ」

「ミドリ先生のお気に入りなんですって。これからもっとテレビとか雑誌に出てくるようになるんじゃない？」

「あの容姿ですもんねえ」

数台のスマホのカメラが赤井に向けられた。

「道具はここにあるもの、なんでもお好きなものを使ってください」

中島はいくつかの引き出しを開けて見せる。菜箸やトング、ピーラー、ざっと見ただけでもきちんと種類分けして整理されているのがわかり、道具を探す苦労はなさそうだ。

「調味料はお店のものではなく、この作業台にあるものを使ってください。これはミドリ先生のキッチンスタジオから持って来たものです。赤井先生は今日、何かこだわりの調味料をお持ちですか？」

中島が少ししなを作って赤井に微笑みかける。

「いや、特に」

赤井は中島ではなく、たくさん並ぶ調味料のパッケージを見ていた。

「こちら、塩だけで数種類あります」

「なるほど」

赤井は一番手前にあった円柱形の青い容器を手に取る。赤井の横から赤井が持っている塩のラベルを読む。ドイツアルプスの岩塩らしい。どんな特徴がある塩だろうか。

「調味料それぞれの特徴を今から見ていただくのは大変ですので、今日は私が赤井先生のアシスタントにつかせていただきたいのですが」

中島の申し出に、つい私が「え？」と声を出してしまう。

「いや、けっこう。適当なのを僕が自分で選ぶので」

いったん中島に移した視線をすぐに岩塩に戻して赤井が言った。

「でも、せっかくですから」

中島が食い下がる。赤井は前に出る中島を遮って、一番遠くにある取っ手付きのプラスチックケースを指さす。

「そっちのケースに入ってるのは？」

赤井に言われて、中島がケースをふたつ取り上げる。

「これはあら塩です。二種類ありまして、こちらの赤い取っ手のケースのものがよりミネラル分が多くてうまみを引き出します」

中島はケースの蓋を開けて中に入っていたプラスチックのスプーンで塩を混ぜる。

「へぇ、なるほど。でもどっちのケースもあら塩？」

「はい。あら塩でもいろんな成分のものがあります。今日は二種類しか持ってきていないですけど、教室には数種類置いています。お料理に合わせて食材のよさを一番引き出せるものを選んで使います。赤井先生、今日はどんなお料理を？」

「うちのナスのうまさをシンプルに伝えたいので、僕は大したもの作りません。ナスを揚げて、トマトとキュウリでドレッシング作ってかけるだけです。十分もあればできる。今日は短い時間でできるものを用意するようにと聞いています」

「でしたら、こちらのローズソルトとかおすすめです。トマトの甘みを引き立てますし、ドレッシングが華やかになります」

透明なパックにピンク色の塩が入っている。

「じゃあ、今日はあら塩とそれを使います。青モモ、お勧めの塩ふたつを小さいガラスボウルに移しとけ」

「はい」

作業台の後ろにある収納棚からガラスのボウルを取り出して作業台に運ぶ。

「赤井先生、喉が渇くと思いますのでピッチャーでお水ご用意しておきますね。こちらのタンブラーをお使いくださいい。お水にはミントの香りがついています」

中島がミントの葉が入ったウォーターピッチャーとタンブラーグラスをひとつだけ作業台の隅に置いた。

私の分は用意してくれないらしい。別にいいけど。

赤井が水を飲んで一息つくのを見計らって、オープンキッチンの外側から料理教室の生徒らしい若い女性が赤井に声をかけてきた。

「赤井先生、台風の日にテレビ出演キャンセルされてましたね。雑誌で先生のこと拝見して、テレビに出られるんだーって思って楽しみにしてたので残念でした」

「私も見てました」と別の女性も口々に言いだす。

私も見ていたあの番組のことだ。赤井のことを気にしていた人は多いが、あれがきっかけで赤井のところに押しかけたのは私ぐらいか。「ああ、すみません」なんて愛想よく答えているその男は手伝いの素人にも容赦ない鬼農家ですよ、とばらしてやりたくなる。

赤井が一瞬横目で私を見た。

「赤井先生はお教室されてないんですか？」

「僕は農業が本業なので」

「お料理のお仕事はあまりされてないんですか？」

突然赤井への質問コーナーが始まり、私は手持ち無沙汰になった。猫をかぶれと言いながら、紳士的な赤井をおとなしく眺めているのも落ち着かない。アシスタントとしてついてきたのだ、できることを探さなければ。何ができるかと中島の様子を探る。中島は赤井の斜め後ろについて、女性たちと赤井のやり取りを静観していた。

中島の私に対する不満げな態度は感じている。けれどここは先輩に指示を仰ぐべきだろう。険悪なムードになるのも嫌なので、私は中島に声をかけた。

「中島さん、トマトとキュウリはどれを使ったらいいですか？」

「あちらのストッカーに」

中島の手が向けられた方向に簡易的な冷蔵庫のようなものがあった。開けてみると野菜は入っていない。

「あ、すみません。もうここには残ってないですね」

中島が私についてきてすぐ後ろでそう言う。人前だからか、一昨日レギュームで話したときよりも私に対する中島の話し方は丁寧だった。それがかえって棘を感じさせる。

「ここになかったらどこにありますか？　ナス以外のものはこちらで用意していただけるとうかがっていたんですけど」

「そこになければ裏の倉庫ですね」

「裏？」

「はい、右手のドアの奥です。レストランの厨房スタッフが帰ってしまいましたので、青田さんが倉庫まで取りに行っていただけます？　冷蔵室がありますから、すぐにわかると思います。私はもう少し赤井先生に説明させていただきたいことがあります」

「わかりました。行ってきます」

「そうですね、それじゃ、お願いしまーす」

一転して軽い口調が飛んでくる。

何だか嫌な雰囲気だ。赤井と私を離したいという気持ちが透けて見える。赤井に自分を紹介してくれないのかと直接怒りをぶつけられた方がまだいい。モヤモヤと広がる煙のように私の中に得体のしれない不安が膨らんでくる。やっぱり話しかけなければよかった。

早く倉庫へ行って赤井のところへ戻ろう。

中島に指示された方へ身を運ぶ。両開きの銀のスウィングドアがすぐに見つかった。

ドアの奥には灰色のコンクリートがむき出しの倉庫があった。華やかなレストランホールとは別世界だ。常温保存できる食材が私の身長よりもずっと高いスチールの棚にたくさん並んでいる。棚の奥に大型の箱のような部屋がある。クリーム色の壁は後付けされた簡易的な囲いだ。その部屋のレバー式の扉を開けると四畳ほどの広さの冷蔵室だった。

「涼しいー」

独り言を言って一段高くなっている冷蔵室の入り口をまたぐ。入ってすぐのところに電気のスイッチがあった。コンクリートの床に簀(す)の子が敷かれている。扉の内側に『ドアを開けっぱなしにしない』という注意書きが貼られていた。私は扉を閉めて奥へ入る。

左右の壁面は棚になっていて、ダンボール箱ごと入った野菜やケースに移し替えられて整理されたものまで、いろいろな食材がぎっしりと詰まっていた。それぞれの箱やケースには日付が書かれており、日々きちんと管理されているのがわかる。牛乳も卵もオープンキッチンの方の冷蔵庫にもいくらか入っていた。ここには牛乳パックもケースごと、卵も箱に大量にストックされている。これだけ大きなレストランなのだから、オープンキッチンで見えるだけのスペースにすべてがしまえるわけではない。

なるほどねと納得していたら、誰かが外から扉を触る音がする。誰か来るようだ。厨房スタッフがまだ残っていたのか。

そのとき私は足元にパーティー用と書かれたダンボール箱を見つけた。開けてみるとトマトとキュウリが十個くらいずつ入っていた。

これか。

箱ごと持って行ってもかまわないだろうか。底に両手を回し、箱を抱える。ベタッとした触感が指にあってびっくりして箱を下ろす。指から白いシャツの袖にトマトケチャップがついていた。サスペンスドラマで返り血を浴びた犯人みたいだ。いろいろな食材の匂いがあるこの場所で甘酸っぱいケチャップの香りが特に強く感じられる。箱に塗ってあったのか。

わざと？

「嘘。着替えなんて持ってないのに」

トマトとキュウリのダンボール箱の蓋の部分をつまんで扉付近まで移動させる。

外に誰かいないの？

たしかにドアレバーが動く気配がしたのに誰も入って来ないのを不審に思いつつ、私は扉のレバーに手をかける。銀のレバーは冷えていて動きが悪い。手を持ち換えてレバーを握り直す。

開かない。

下に押し下げれば開くはずのドアレバーが動かない。試しに引いたり上に持ち上げようとしてみる。どちらにも動かない。

嘘。これ、閉じ込められてる？

はあっと吐いた息が白い。

――――やられた。

中島の笑わない垂れ目がニヤリとさらに下がるのが想像できた。

庫内の涼しさが急速に冷たさに変わる。

私が赤井と中島の間をつなげようとしないことに、よほどむかっ腹らしい。こんなことなら赤井に取り次ぐことはできないと中島にはっきり言っておけばよかった。自分のことで頭がいっぱいで、私には他人の世話などしている余裕はないと。

赤井に気に入られたいならこんなことをしたら逆効果だ。中島は何を考えているのだろう。嫌がらせして胸がスッとしたところで、どうせその気持ちは持続しないことなどちょっと考えればわかる。こんなことをしてしまうほどに中島の闇は深いということか。

中島の言うとおり、赤井がその気になれば料理の仕事も成功すると思う。生産者なのだから強い野菜愛をダイレクトに消費者に伝えられる。それなのに、私は嫌だった。誰かが赤井のアシスタントになるなんて。誰かがあの俺様で子供みたいな赤井の姿を知ることになるなんて。

中島のことを恨みきれないのは、自分の中にも暗い部分があることに私自身が気づいているからだ。

大きく息をついて冷たくなった指先を擦り合わせる。

たぶん赤井が私の不在に気づいてくれるだろう。必ず捜してもらえる。そんなに心配することはない。冷蔵庫だから四度くらいか。寒いけれど死ぬほどの温度ではないだろうし。冷凍庫じゃなくてよかった。中島だって殺すまでは考えてないだろう。ほとぼりが冷めたら開けてくれるはずだ。

寒さを紛らわすため、腕をさすりその場で駆け足する。指先がいっそう冷えて感覚が鈍くなってきた。ガチガチと歯が鳴る。

寒い。

洟をする。

赤井が気づくのを待つにしてもこのままではダメだ。中のトマトとキュウリを出してダンボールの箱を一枚に開く。ケチャップと靴跡がついていてあまりきれいではないけれど仕方がない。シャツにこれ以上汚れがつかないように気をつけて、湿気たダンボールを体に巻きつける。これでかなり寒さは凌げる。

やれやれとその場に屈んだとき、冷蔵室の外で赤井が私を呼ぶ声がした。

10

「何閉じ込められてんだ、バカ」

「すみません」

私はほんの十五分ほどで赤井に助けられた。冷えた体を抱えられて会場と反対方向の非常階段に連れてこられている。エアコンがない蒸し暑い空間に急激に温められて体がとろけるようだ。壁に背中を滑らせて、床にお尻をついて座る。温度差でくしゃみが連発して出た。

「まだ寒いのか？」

赤井は私のそばにしゃがみ、私の肩を平手でさする。空いた方の手で私の手の先を握り、「おお、冷て」と言う。

「この腕の赤いのなんだ?」

赤井が私のシャツに目を移した。

「知りません。トマトの箱についていたんです」

「なんでそんなもんつけてんだって聞いてる」

「ケチャップです」

「トマト……」

赤井はナス講座を後回しにしてもらって捜しに来てくれた。中島も捜すと言って赤井について来ようとしたという。

「あいつ、なんかグイグイくるだろ。気持ち悪くて、二手に分かれて捜そうって言ったんだ。あいつは渋ってたけど、控室の方捜してくれって頼んどいた。……どうせあいつだろ、お前をあそこに入れたのは」

「……中島さん、赤井さんのアシスタントになりたいんですよ」

「ああ、そんな感じだったな」

「今日だけの話じゃないですよ。今日だけじゃなくて、中島さんは梅川さんのところを辞めて赤井さんの下で働きたいって、……私と代わりたいって思ってるんです」

「お前が農業の手伝いしてるって知ってて言ってるのか？」

「いえ、私の仕事内容は話してませんけど、上手に売り込めば赤井さんはもっと野菜ソムリエの仕事が取れるようになるって。中島さん、それをアシスタントとして自分がサポートしたいって」

「自分が独立すりゃあいいのにな。キャリアあるだろうに」

キャリアとチャンスを招く力とは別なのだと思う。中島はその力に自信がないのではないか。足掛かりに赤井を利用したいのかもしれない。

「私が学生だから、夏休みが終わったら……もう、赤井さんの手伝いもできないだろうからって」

「あ？」

赤井が両眉を上げて目を見開く。「できないか？」と私の肩から手を放す。

赤井は考えてもみなかったという様子だ。私の夏休みの終わりをまったく意識していなかったということか。

「それは……もちろん今よりはできなくなります。私も家に帰らなきゃいけないし」

「ああ、マンションか」

「はい。今日、これが終わったらその話もしなきゃって思ってたんですけど、……これ、どうしよう」

　シャツの袖の汚れを確認する。表面の汚れはもう乾いていて手にはつかなかった。

「衛生的に印象よくないな。それにもうお前は出ない方がいいだろ」

「中島さんが私の代わりにアシスタントをしようって考えてるんでしょうか」

「だから、最初からアシスタントが要るようなもんじゃねえ。俺ひとりでやる」

　赤井が私の手を引いて立ち上がる。赤井が手を放しても、指先に血が巡っているのがわかるくらい私の手は温まっていた。

「赤井さんは、料理アシスタントは募集しないと思うって伝えたんです、中島さんに」

「ああ、それでいい」

「そう言うと思って、私、中島さんの希望を赤井さんに伝えることすらしなかった」

「それが不満だったとしてもお前なんか攻撃しても何の得もない」

「やけくそって感じになっちゃったんだと思います」

「ストレスたまってそうだからな、あいつ。反応すれば喜ばせるだけだ。触れずに放っておいた方がいい。さっさと料理して、これ以上要らんこと仕掛けられる前に帰る」

　赤井はエプロンのポケットに手を入れて、「行くぞ」と非常階段のドアを開ける。私は赤井に続いて倉庫に戻り、汚れたエプロンを外す。括った髪の束がエプロンの紐に引っかかる。

「せっかくかわいいの髪につけてるのに、舞台に上がれなくなりました」

髪にかかったエプロンの紐を解きながら言うと、赤井が私の毛先にじゃれるようにして指を絡ませる。

「日頃から使えばいい」

「ええ？　なんかもったいないです。いつも使ってたらすぐ壊れそう」

「壊れたら買えばいいだろう。そんなもん、安いぞ」

「同じデザインのものってそんな簡単に探せないですよ。それに、赤井さんが買ってくれたっていうところが大事なんです」

「安い奴だな」

赤井の頬に笑いじわが浮かんだ。

11

ヘッドセットマイクをつけた赤井が作業台に向かっている。オープンキッチンの周りに集まったパーティー参加者がみな赤井に注目していた。

見た目が美しいということはそれだけで敵を減らすと思う。名も知られていない人が人前に立ったとき、まず見た目の特徴に人は興味を示す。好まれる容姿なら、その人を受け入れる相手の気持ちのハードルは少し下がる。

赤井が持っている食の資格といえば野菜ソムリエひとつだ。主婦でも持っている人はいる。料理が趣味で教室に通っているような人ならなおさら食の資格保持者は多いだろう。そんな人たちが赤井のことを軽視せずに話を聞こうと寄ってくるのは、農家としての知識へのリスペクトもあると思うが、やっぱりあの見た目と声の魅力によるところが大きい。

「ナス農家の赤井と言います」

赤井がよく通る声でそう一言発しただけで、ざわついていた会場が静かになって赤井の話を聞く状態になった。

私は会場の片隅、倉庫への入り口が近い場所から講義する赤井の後ろ姿を見ている。オープンキッチンスペースには中島が待機していた。

私が赤井と一緒にオープンキッチンに戻ってきたとき、会場では料理教室の生徒が家で焼いてきたという焼き菓子を配っていた。オーブンから出した大皿料理を客席に運んでいる人の姿もあった。

中島はシンクでトマトとキュウリを洗っていた。倉庫になど行かなくてもトマトもキュウリも用意されていたのだ。

「おかえりなさあい」

私の顔を見ても中島はがっかりするでも気まずそうにするでもなく、薄く微笑んでそう言った。私が汚れたシャツの袖を捲っていることにも気づいていただろうに。

「今日は僕ひとりで料理します」

赤井は宣言どおり中島の私に対する嫌がらせには触れない。

「承知しました。では私はキッチンの後ろに控えておりますので、不明な点がありましたらいつでもお声がけください」

中島の方もふてぶてしいほどに明るい声を出した。


「ナスのあく抜きですが、夏の初めのナスでしたら全くする必要がないと思います。エグミもそれほどないですし。時季とか野菜の状態を考えて省ける作業は省いていい。僕は春になるとタケノコを収穫します。タケノコは米ぬかを使ってあくを抜くのが当たり前だと思われていますよね。うちの朝掘りのタケノコを買ってもらってすぐに炊いてもらえれば、米ぬかなんか使わなくてもエグミは感じません。大きすぎないものを取っていますし、新鮮ですから」

「宣伝してるわけじゃないですけど」と赤井が白い歯をのぞかせると、会場の女性たちがあははと笑う。

「今の時期から秋のナスでも、油を使った料理なら僕はあく抜きをしません。漬物とかお浸しなんかは変色しますからした方がいいと思います。塩水に十分くらい。時間がないときは切り口に塩を振って五分。今日は時短のあく抜きをしておきますね。ええと、これからの時季、ナスは皮が硬くなってくるので、皮に切れ目を入れて輪切りにしたり、網で焼いて剝いたりして工夫してください。今日は輪切りでやっていきます」

赤井は手際よくナスを輪切りにしてバットに並べ、私がガラスボウルに移しておいたあら塩を手に取った。それをバットのナスに振りかける。

そのとき中島が赤井のすぐ後ろまで進み出た。急に近づかれ、赤井は驚いて振り返る。

「何か？」とマイクが赤井の小さな声を拾う。

「あ、いえ、失礼しました」

中島が後ろへ下がり、なぜか険しい目で私を睨んできた。

睨みたいのはこっちだ。

赤井は何事もなかったように料理を続けた。トマトとキュウリを小さめのダイスに切って、あらかじめボウルに調味料を混ぜたドレッシングに入れて和える。塩を振ったナスから出た水気をキッチンペーパーで押さえ、「これであく抜きはできています」と水気のついたペーパーを見せた。

野菜もペーパータオルも調味料もすべて赤井自身が配置した使いやすい場所にあって、赤井にアシスタントなど不要だというのを思い知らされる。

いつでも出られるようにスタンバイしていたと見られる中島は面白くなさそうだ。アシスタントとしての仕事、プロの下で培われた技術を赤井に見せることはできなかった。

赤井はナスを揚げながらナス畑の話をしたりしてギャラリーを引き込む。「赤井先生のナスを買うにはどうしたらいいですか」なんて質問を受けたりしていた。

盛り付けをする前に、赤井は一度タンブラーに水を注いだ。話していて喉が渇いたのだろう。グラス八分目位の量を一気に喉へ流した。グラスを作業台に戻したとき、赤井は手の甲で口を押さえわずかな時間行動を停止した。

「あら？」と赤井を見る人たちの不思議そうな顔。

「あ、すみません、ちょっと立ちくらみして」

赤井はふうと大きく息をつき、「最後は盛り付けです」と講義を再開する。

「……盛り付けは、……みなさんの方が、上手にされると、思います」

赤井の脚元がわずかにふらついたように見えた。

私は思わずオープンキッチンに背後から駆け寄る。赤井は作業台に片手をついた。動揺したように視線がキョロキョロと落ち着かない横顔。やはり見間違えではない、赤井の様子がおかしい。こめかみに汗が伝い、赤井の耳の後ろが赤く色づいてきた。

「青モモ」

赤井が振り返って私を呼ぶ。会場の視線が一斉にオープンキッチンの奥にいる私を見た。「はい」と答える私より先に中島が赤井の元に走る。

「ごめん、皿に盛って」

赤井は中島に頼んで作業台を離れた。赤井の足の動きがおぼつかない。何もない平らな床に躓きそうになる。

「赤井先生」

支えようとする中島を振り払って、赤井が私の方を見た。見覚えのある、甘えたような瞳で。

「青モモ、たしゅけて」

マイクが赤井の甘えた声を会場に伝えて、ギャラリーが「赤井先生どうしたの？」「あの子は誰」とざわめく。

私は一段高くなっているオープンキッチンの中に入って、床に倒れそうな赤井を抱きかかえる。赤井のヘッドマイクを外して、食器棚の上に置く。

「赤井さん、しっかりしてください」

重い。

完全に私に体重を預ける形で赤井がのしかかった。

「なんで抱き合ってるの？」という声が聞こえてくる。

違う、違う、抱き合ってない。

首を横に振れば赤井の胸に頬が押しつけられる。

「赤井さん」

ああ、もうだめだ、支えきれない。

「すみません、赤井は体調が悪くなりましたので失礼しますっ」

声の限りを振り絞り、赤井を引きずってオープンキッチンを降りる。

「あれ、酒だった」

赤井が私の耳元でこぼした。

12

レストランの前に出ればすぐにタクシーが拾えた。

「だいぶ酔ってるみたいやけど、大丈夫？」

運転手は赤井を車に乗せるのにためらう様子を見せた。通りの人たちも私に背負われている赤井をじろじろじろ見てくる。

「絶対吐いたりしないので、大丈夫です」

私がそう断言すると、タクシー運転手は赤井を後部座席に押し込むのを渋々手伝ってくれた。

「まだ八時すぎやで。随分早い時間に出来上がったもんやね」

「いえ、まあ、かなり弱いみたいなので」

赤井と私、ふたり分の荷物を肩に掛けて赤井の隣に無理やり乗り込む。足元にたたんだキャリーカートを載せた。

「行先は？」

運転手が進行方向に顔を向けたままコキコキと首を鳴らして聞いてくる。目を閉じて座席にもたれている赤井の顔を見降ろす。電車に乗せるのは難しいだろう。私はふうと息を漏らして京都市内の住所を伝えた。

梅川ミドリには何らかの経緯で赤井がアルコールを口にしたことで体調を崩したと伝えた。救急車を呼ぶかと心配してくれたが、その必要がないことは知っているので断った。控室で休ませるにしても、酔った赤井を人に見せるのは気が引ける。何より、平然とした顔でおしぼりやら水を用意してくれる中島が不気味で早く離れたかった。

ギャラリーはしばらく赤井の体調を気にしてざわついたが、ビンゴゲームが始まって興味がそちらに向いた。そのタイミングでなんとかあまり注目されずに私は赤井をエレベーターに乗せて一階まで下りられた。エレベーターホールがメイン会場から見えにくいところにあったので助かった。

見慣れた住宅街の道に入り、マンションの前でタクシーを止めてもらう。千円札で数十円のおつりが出る距離だった。小銭を受け取るのが面倒で、「おつりはいいです」なんて今まで言ったことがないセリフを言ってしまった。

「赤井さん、降りますよ」

赤井の腕の下に自分の肩を入れて私の方に赤井の体をもたれさせる。ドアに赤井の頭をぶつけないように気をつけて外に出る。

　タクシーが走り去るのを背中で感じて、マンションのエントランスを見上げる。三階建てで部屋は全部で九戸のマンション、ここに来るのはほぼ一か月ぶりだった。マンション名が入ったレンガ造りのアーチの下に三段の階段がある。それを越えて集合ポストのところまで行けばエレベーターだ。まず三段。この階段をクリアすれば二階の私の部屋までは赤井を運べる。

「階段ですよ」と教えてやって、なんとか赤井に足を上げさせる。赤井はその度に「うーん」と間延びした返事をした。無駄に長い脚が一段一段引っかかる。頬に触れる赤井の髪がくすぐったい。私も汗だくだが臭いを気にする余裕もない。

　今日はあんまりお酒の臭いはしないな。

　それはそうか、今日はたった一杯だ。酔っ払った赤井を初めてみた日は、強くないとはいえコップ三、四杯飲んでいた。それからものすごい陽気になって野菜を語った。親鳥についてくる雛みたいに私についてきて甘えた。不意に思い出して笑ってしまう。

「何笑ってんだ」

　赤井が私の肩に顎を引っかけて私を見てくる。話せるくらいには回復してきたらしい。

「いえいえ、何も」

　そんな近くでこっちを見ないで。

私は赤井と反対側に顔を向けて集合ポストの前を過ぎる。エレベーターで二階に上がり、三つあるうちの真ん中のドアの前にたどり着く、

鍵、出さなきゃ。

ドアの向かいは一メートル二十センチくらいの高さの塀になっている。赤井をこの塀にもたれさせ、肩に下げたカバンを探る。エレベーターと反対側にある非常階段から靴音が聞こえて、やがて学生風の若い男が顔を出した。隣の住人だったらしい。姿は初めて見た。私たちがいることに少し驚いたように立ち止まったが、「どうも」と首をすくめる。非常階段寄りの部屋の鍵を開けて入っていった。それに遅れて、私も自分の部屋の鍵を開ける。

「赤井さん、行きますよ」

もう一度赤井を担ぎ直して狭い玄関に入る。靴箱にキャリーカートを立てかけて置く。しばらく風が入っていない部屋は空気がよどんでいて蒸し暑い。キッチンもバスルームも寝室もすべてが詰め込まれた場所だ。生活の臭いが混ざり合った独特の臭いがした。これが自分の臭いだとしたら最悪だ。換気扇を回さなければ。

急いで靴を脱いで部屋へ上がって、赤井の靴を脱がし忘れていることに思い当たる。と同時に玄関スペースから部屋への十センチほどの高さの段差に躓いて赤井が転んだ。

ビニール張りの床で、ビタンッと音がした。

「いてっ」

「ああ、大丈夫ですか。ごめんなさい、赤井さん重くて」

赤井は床に伏せたままだ。赤井から手を放しバッグの中のタオルハンカチを取り出す。

赤井の頭を床から上げさせ、顔の下にそれを敷く。

廊下を兼ねたキッチン前のスペースは幅六十センチほどで、私には赤井をこれ以上奥へは運べそうにない。

「開けてないペットボトルあったかな……」

荷物をキッチンの前に置き、部屋の電気をつけて換気扇を回す。冷蔵庫を開ける前にエアコンのスイッチを入れた。

しゃがみ込んでのぞいた、ドアふたつの小さな冷蔵庫はほぼ空だ。

「あ、やっぱりお水ないな。赤井さん、私お水買ってきます」

玄関に転がる赤井の横を通り過ぎようとすると突然右の足首を摑まれる。

「きゃっ」

反動で蹴りが出そうになった足を赤井に押さえられた。

「蹴るな、バカ」

怒鳴りながら赤井が勢いよく体を起こす。

「うわあっ、ちょっ、何？　赤井さん起きれるんですか？　……え……もしかして、動けるのに酔ったふりして……騙したの？」

「タクシー乗った辺りからな」

「えええー、ちょっとやめてくださいよ。私は必死で」

床にお尻を落として崩れる。

「最初は本当だ。本当に力が入らなくて」

「タクシー乗るまでは？」

「ああ。体が熱くなって。意識が飛ぶほどじゃなかったけど。飲んだ瞬間ヤバいと思ったんだ。あいつ、ホワイトリカーめちゃくちゃ入れやがった」

「中島さんですか？」

「それしか思いつかねえだろ。……いつ入れたんだろうな。梅川の料理教室の生徒に話しかけられてたときか。講義が始まる少し前に飲んだときは普通に、ミントの香りがついた水だった」

「意外と脇が甘いですね、赤井さん」

「閉じ込められたお前に言われたくない。それにな、中島はお前が用意してたあら塩も砂糖に換えてたぞ」

「え？　どういうこと？」

「さあな。お前が失敗したって思わせたかったんじゃねえの？　そっちは講義始める前に気づいて俺が戻しといたんだ」

講義中、赤井が輪切りのナスに塩を振ったとき明らかに中島の様子はおかしかった。

「青モモは甘々だから。気をつけろ」

「赤井さんに言われたくないです。お酒弱すぎ。明日頭痛いとか言わないでくださいよ」

「うるせえ、あれくらいなら二日酔いなんかしねえし、記憶も飛ばねえわ」

赤井が「よっ」と床に手をついて膝を立てる。ぼんやり赤井の行動を見ていたら、ふいと私の視界が動き出した。高さが変化するときに感じるふわりとした感覚があって、天上の小さな丸い電球が目に入る。「あっ」と声を上げたときにはキッチンの前に仰向けに倒れていて、赤井が上から私を見下ろしていた。両手首を掴まれていて動けない。

「ほら見ろ、お前は簡単に襲われる。部屋に入るとき隣の男も一緒に入ってきたらどうするんだ」

じいっと目を見つめられ、カッと顔が火照った。ゆっくり細められる瞳と片方だけ上がる口元、私は抗うのも忘れて見上げた顔に見とれてしまう。

静まり返った部屋にエアコンの動作音がウーッと響く。

「バカか、そんな顔してると本当に襲うぞ」

赤井が眉間にしわを寄せる。私は一体どんな顔をしているのか、自分ではわからなかった。

「ここは今月で引き払え」

赤井が摑んだ手首を引っ張って私を起こす。体に力が入らなくて、私は人形みたいにされるがままだ。

「引き払う？」

私の視線はさまよう。

「引き払って、俺の家に来い。うちからでも学校に通えるだろ。家賃ゼロだから、かかるのは交通費だけだ」

「でも……」

「農作業は授業がないときだけでいい。バイト代は出してやる」

「親になんて言えば」

「俺とじいちゃんが話す。大丈夫だ。それは任せろ。ナスが終わったって、稲刈りとか、冬野菜とか、まだまだお前がやることはいっぱいある……種まいたブロッコリーの植え替えしたいんだろ？」

　私はうなずく。

「よし」と赤井が私の頭を撫でる。その手を頭頂部から後頭部に回して、「ボサボサ。これ、髪につけてるやつ、やり直せ」と縛った髪を引っ張る。

「……あ、ヘアカフス」

　私が髪をまとめ直すのを赤井はまた真剣な顔で見ていた。なんとなく赤井に確認させるように髪につけたヘアカフスを彼に向ける。赤井はそれが自分の仕事であるかのように、二回首を縦に折った。

「帰るぞ。明日もナスの収穫がある。待っとくから、持って行くものがあればさっさと用意しろ。大きいものは引っ越しが決まってから運んでやる」

　赤井は玄関の扉の方に向いて座り直し、背中を向ける。私はベッドの奥のクロークから大きめのナイロンバッグを取り出して、新学期に必要なものを詰め込んだ。それから朝夕涼しくなった寒さ対策にカーディガンを。

「青モモ、ああいう仕事、まだ興味あるか？」

「ああいう？」

　肩にナイロンバッグを引っかけて玄関に戻りながら聞き返す。

「料理の」

赤井が立ち上がりこちらを向く。

「ああ、はい。料理のお仕事……中島さんを見てたら、大変そうだなって思いましたけど。赤井さんは楽しそうでした、ナスのことを伝えるの。料理の仕方を教えるっていうことより、生産者の気持ちみたいなのが伝わるのがいいなって」

「なら、ちょくちょくやってみるか、ああいう仕事も」

「え？」

「お前はアシスタントな」

額を人差し指で突かれる。

「……はい」

「もしかしたら、雑誌の取材依頼が来るかもしれねえ」

「はい、赤井先生」

胸の前で両手の指と指を組み合わせ、赤井の顔を黒目だけで見上げる。

「変な呼び方するな」と指で額を軽く弾かれた。

「言っとくけど、俺は農家だからな、ずっと」

赤井が顎を上げて偉そうに言う。

「わかってます。でも、どっちも赤井さんですよ」

私の先生は、農業と野菜の魅力を伝えられる。道がけしてひとつではないと私に教えてくれる。

私はただ、今はこの人と一緒にいたい。

「赤井さん、さあ帰りましょう」

ナス畑のあるあの家に。

エピローグ

「赤井さーん、おじいちゃーん、私そろそろシャワー浴びて学校に行きます」

自分が収穫した分のナスを黄色いコンテナに入れて、私はナス畑のふたりに向かって叫ぶ。チノパンのポケットでスマホのアラームが鳴っている。

「ああ、気をつけて行っておいで」

幸太郎が近くの畝の間から顔をのぞかせる。

「はーい」

アラームを止めながら幸太郎に返事をして、畦道を農道の方へ向かって走る。ナスでいっぱいになった収穫かごを抱える赤井が歩いてきた。

「青モモ、自転車の充電したか？」

「はい、満タンです。お借りします」

「俺のじゃねえよ」

私は赤井さんのおばあちゃんが使っていたという電動自転車で駅まで通うことになった。

「今日は帰るの夕方になります。明日は稲刈り手伝いますね」

「ああ、わかった」

「先に稲刈りやっちゃ嫌ですよ」

「ああ、明日だ」

「ブロッコリーの植え替えも、私がいるときにしてくださいよ」

「わかった、うるさい。早く行け」

赤井が足元の水を蹴る。泥水と一緒にカエルが飛び上がった。

「はい、はーい」

笑って畦道を抜け、農道へ出て犬のフンを飛び越える。

時間の確認がてらスマホの待ち受け画面に目をやる。赤井家の玄関前に、赤井と幸太郎、そして伊藤のおばあちゃんと太一と姫子まで並んだ『家族写真』だ。赤井家に引っ越すにあたって、私が両親に送るために撮った。

「嘘つき」と私を責めておいて、「うちは農家で、人がひとりくらい増えても大丈夫ですから」なんて大家族をにおわせるような説明を私の母にしたのは赤井だ。

赤井家のソファで、私は赤井の隣に座って母と赤井の通話に耳を傾けていた。赤井は紳士キャラで数分会話してすっかり私の母を手懐けた。

お母さん、チョロ過ぎる。

赤井が終話ボタンを押した瞬間、私はソファに倒れた。

「真面目で素直な娘が一番不可思議な生き物かもな」

待ち受け写真を開いたスマホを赤井から渡される。

「やましいことなんかないから、本当は嘘なんかつきたくないですけど、男の人しかいない家に居候っていうのも心配するでしょ？」

スマホを受け取り、体を起こす。

「どうだろうな」

赤井が肘を膝に置いて上半身を前に倒し、下から私の顔をのぞいてくる。

「何がです？」

「ずっとやましいことがないままのつもりか？」

赤井がいたずらっぽく笑う。

その顔の破壊力たるや、腰が抜けそうになった。

今思い出しても……。ギャーッと心の中で叫んで、熱くなった顔を両手で押さえる。

風が吹いてはやし立てるようにザワーッと稲の穂を揺らす。

ああ、もう。

一番不可解な生き物はナス畑の俺様王子に違いない。

この物語はフィクションです。
実在の人物、団体等は一切関係がありません。
本書は書き下ろしです。

浜野稚子先生へのファンレターの宛先

〒101-0003　東京都千代田区一ツ橋2-6-3　一ツ橋ビル2F
マイナビ出版　ファン文庫編集部
「浜野稚子先生」係